人間の芯

曽野綾子

青志社

人間の芯

目次

第二章　かくも「芯」がひ弱になった……43

第五章　絶望と希望の荒野……123

第六章　「運」の半分は神の意志……149

第八章　そして最終章の風景……197

まえがき

私の周囲には、いい意味でも悪い意味でも個性のはっきりした人が多くて、私は「この話をあの人に持って行っても、多分、イエスと言ってもらえないわよ」などと言うことがよくあった。

人につられて承諾することもなく、世間を恐れて早めに断るということもない。いわばその人らしい選択で生きている人ばかりで、その個性に触れることが、私の幸福でもあった。

私の育ったうちも、結婚した相手も、偶然お祭というものがあまり好きではなかった。だから町内のお祭には最低の志だけ贈って、一切出席しない。皆集まって騒ぐのが好きではない、というだけのことである。

生き方は一人で選び、結果も責任も当人が負うのが当然と考える。「芯」などというが、つまり好みである。教育も好みの問題だ。好みのない人は、多分思想も哲学もない。死に方も好みに多少繋がっている。

毎日の暮しで、一々芯を通しているわけでもないが、毎日のおかずの一品として出てくる「小松菜のおひたし」にだって、味の好みがあって当然だから、できるだけ出来合いのおかずを買わず、自分で好みに近いように調理する。それが人間らしい。その程度のことを私は自分にも他人にも望んでいるだけだ。

しかしその程度のことでも、人間の個性は絢爛《けんらん》と咲き、その思想の複雑さ故に、社会は安全で味わい深いものとなる。

芯がないと、ただの浮遊物だ。

少なくとも精神を持った人間の生き方ではない。私はその恩恵も受けたいのだ。

二〇一九年十月

曽野綾子

装幀・本文デザイン

岩瀬聡

第一章

人間の芯とは何か

日本人は、なぜ幼稚で利己主義になったのか

私はもう八十年以上も生きてきたのだが、今ほど人々の生活が豊かになり、貧乏な人がいない社会を見たことがない。

私の子供の頃に日本は戦争を体験し、日本中がアメリカの空爆によって焼かれた。私たちは食べるものにも不自由し、満足にお風呂にも入れなかった。必ず医療の恩恵を受けられるという保証もなかった。

お金がない人は時として死ぬほかはなかった。

今の日本人は、日本の歴史始まって以来の豊かさにいる。しかしこれほど、教育を受けた国民が、幼稚で利己主義になったこともない。利己主義と幼稚は、ものの表裏と同じで、「ひっぺがして」分離させることができないもののように見える。もっとも、ど

んな時代でも、人の心はそうそう変わりはしない。人の世は常に問題に満ちている。

いまの世の中、親も学校も「恥」を教えない

現代は、残酷な時代で、人々は他人の失敗をおもしろがる。他人が失意の中にある時を見たがり、その話題が商売にさえなる。「他人の不幸は蜜の味」なのだろう。それはつまりは自分が幸福でないから、満たされていないからなのだが、そんなことには気がつかない。だから失敗の結果か、純粋の不運かどちらにせよ、悲しんでいる人に平気でマイクをつきつけて「一言、感想をお願いします」などと叫ぶ。

こういう態度が、恥ずべきものだ、ということをイエス時代の人々は習っていた。しかし現代の若者たちは、誰からも教えられないのだろう。学校でも教えそうにないし、親も恥を教えない。

大人は子供に信頼され、愛をもって導ける存在であるか

そもそも最近の教育で間違っているのは、大人と子供は全く同じ状況で生きていると

見なす、という観念ができたことである。

もちろん人間としての存在の重さにおいては大人と子供は同じだ。むしろ大人より子供の方がもっと大切だ、という思いが私のどこかにある。今までそんな体験はなくてすんだが、もし何かの事情で医薬品が逼迫するようなことがあったら、高齢者にはその薬を使わせない、というような規則ができても当然だ、と高齢者の私は思う。年寄りは死んでも、その分の薬を若い世代に廻して、彼らが生き延びるようにすべきである。

教育というものも違う。赤ん坊も子供も決して大人と同じではない。大人と同じになる素質を充分に持った未成熟な存在である。彼らは知識もなければ、体験もない。当然のことだ。生きて来た時間が短いのだから。だから大人が主導権を握ってさまざまな知識、体験、道徳などを教える。つまり子供が眼を輝かせて聞くような体験を物語れる先達にならなければならないのである。

その場合、大人はあくまで子供を愛し、教え導く穏やかな気持ちを失ってはならない。同じ人間だから、教師も生徒も同等だ、というような間違った考え方がいつのまにか世間に流布したので、教師の方も人生の先輩としての自覚を失い生徒と同じような幼稚な心情で生きるようになった。すると、生徒の方も「民主主義の世の中なんだ。人権は教師も生徒も同じさ。別にセンコウ（先生）の言うことをこっちが一方的に聞くことはないってことよ」となる。

そんなことはない。子供にとって年長者は、あくまで教えを乞う相手である。対等ではない。

しかも教育には手法がある。幼い子供に対する教育は、強制に始まり、自発的意志を引き出すことに目標を置く。お箸の持ち方、挨拶の仕方、算数の九九、イヌをイヌと呼びネコをネコと呼ぶこと、初めはすべて強制である。自由を尊重するからといって、二二が五、二三が十、二四が九ということは許されないのだ。

「矜持を持つ」ことを学ばなくなった

おいしいと言われる店の前で長い列を作って並ぶ人の気持が、私はまだわからない。私も相当食いしん坊だが、今までそんなことに時間を費やしたことはなかった。また、私の友人の中にも、そういう人は一人もいない。下らないことに並んだりはしない、という姿勢は学校で習ったものではない。両親が厳しくしつけたものだろう、と思う。「人間の動物的な部分の欲求のために、列を作るような人間には決してなるな」ということだ。食のために並ぶというのは、通常は捕虜の暮らしだ。

こういう、一種の見栄の張り方を「矜持《きょうじ》」という。今はこうしたプライドについて、誰もあまり教えない。昔は親が「みっともないことをするな」と言ったものだ。安いものを買おうとして、セールの日にデパートの売り場に殺到するような行為が、矜持のない行動だ。しかし今は安物を買えると、皆が「よかったね」と祝福する。

角界に、時に「力士としてのプライド」に欠けるような事件が起きるが、「矜持」などというものは、力士になってから習うものでもないだろう。そもそも、職業の前に、人間としての矜持があるはずなのだが、「生きる権利」などという考えが矜持を奪った。まあ、それでいいのかもしれない。

匿名は卑劣な湿った匂いがする

私はあらゆる表現の場で匿名に出くわす度にどうしてもいやな感じがする。匿名は、恐怖政治の苗床《なえどこ》となる。デマや社会不安の原因でもある。武士は名のって戦うものであった。

匿名の卑怯さは、自分が傷つかずに効果だけ狙おうという意図の見えすいていることである。匿名で投書をする母親を子供は何と思うだろうか。正しいと思うことをしているのに、なぜ名前や顔を隠さねばならないか、不思議に思うだろう。人間はあらゆる発言に、ささやかな責任を持たねばならない。明かるい顔で、人前で堂々とものを言う時に、初めてそこに、その意見を持つ人間の、勇気と人格が光を持ってあらわれて来る。どんな正当な意見でも匿名を希望する場合には、そこにすでに「効果だけは自分の功績で、それから起る問題の責任は引き受けない」というカビのように湿った匂いがする。

国家や社会を当てにせず自分の嗅覚を研ぎ澄ます

非常時ではなく常時なら、すべてのことにある程度予測がつく。しかし非常時は、あらゆることが突然起きる。予測は決してつかない。ミサイルにせよ砲弾にせよ、どこに着弾するか、ということはけっしてわからないのだ。だから前線の兵士は神に祈り、銃後の家族はお守りを持たせる。

しかし人間が予測して備えられる部分が皆無でもない。食料や水、懐中電灯や、冬でも温かい防寒着を備えるなどということは、少し頭を働かせればできる。しかしそんなことさえもしないで、常に国家か社会か知人の助けを当てにしている人も、最近は多くなった。

生き延びる力の基本は常に個人にある。国家や社会は、それに少し手を貸すだけだ。しかしその少しの力が、生死を分ける場合も多いのだから、国家の態勢は決してあなどれない。

人間の肉体を支える「精神」をこそ鍛える

人間の生き方の理想は、まず精神的に、そしてできたら肉体的にも強くなることだ。肉体は精神的な強度以上に、訓練を経ないと強くならない。

病弱な書斎派に見える青年が、強い精神力を持つ場合があることは、文学者の書きたがるところだ。しかしこの反対に、肉体的に鍛えた人が、強い精神力を持つのは当然とされているのに、意外と外界の変化に即応できない精神力しか持っていないことに、驚きを感じることがある。外界の変化に耐えるのは、鍛えぬかれた肉体があるからだと信じたい思いは誰にもあるのだが、精神力こそが肉体を支える基本で、それ故に人間は危機を脱することができるのだ、という構図は、あまり描かれていない。

他人の言いなりになるのは奴隷の思想

人が言うから簡単に自分の考えを変えて、その通りにするというのは、奴隷の思想である。自分がほんとうに納得しなければその通りにしないのが、それこそ人権というものであり、周りが何と言おうとも、私はこう生きる、という譲れない部分を持つのが、その人らしさである。勇気がなくては、自分らしく生きることなどできない。自由は制度によって得るものではなく、人間の勇気に支えられた眼力によって獲得していくものなのだ。そして、誰にも理解されなかろうと、どう思われようと、自分がいいと思うことを最終的には命を賭けてやる。それが、「人間の美」というものだと思う。もっとも私は、殺されそうになったら、すぐ「前言を取り消します」と言って卑怯者になる予定でいるが（笑）、今はまだ殺されそうにないから、勇気を持とうと思っている。

人間の崇高さに打たれる瞬間

沖縄戦を取材中にこんな話もあった。日本兵は常に二発の手榴弾を身につけていて、一つは自決用、もう一つは敵に向かって投げる最後の一撃のためのものだった。それで戦局を変えられるというものではないが、それが日本人というものか、それとも戦いの本質なのであろう。一方、米兵の方は一〇〇パーセント勝戦の状態の中で、ちょっとした繁みの中から突然投げられて、自分の足元に転がってくる手榴弾を投げ返すいとまもなく、やられてしまう。

しかしその瞬間、手榴弾の上に身を投げかけて死んだアメリカの海兵隊員が何人かいたのだ。十八、九歳の若者もいたはずだが、戦争に勝って、もうすぐ故郷の家に生きて帰れるという時に、なぜ彼は手榴弾の上に身を投げかけて死んだのか、取材当時、私はそのことをずいぶん考えたものだった。

彼の咄嗟《とっさ》の行動によって仲間の何人かが命を救われた。けれど何が彼をして、一秒にも満たない間に人生を終えることを決めさせたのか。父母、学校、教会、誰も「そういう状況になったら、傍にいる他人を救うためにお前は死になさい」と教えてきたとは思えない。

しかし、それこそが一人一人の人間の芯というものであろう。足元に転がる手榴弾を見て自分ならどうするか。仲間が傷ついても構わないから、とにかく逃げようとするだろうか。私自身その可能性は大いにあるが、そういう場面での人間の行動について考えることが個々人にとって大切だと思うのだ。

近年、しっかりした芯を持つ日本人が少なくなった。芯を常識と置き換えるなら、高級なものから低級なものまでさまざまだが、戦後教育は、彼らが国のために死んだのも軍部の暴走への加担であり、これからは他者のために死んではいけない、という利己的な考え方だけを植えつけた。

自分が「見た通り」を信じる癖をつける

私は、人間を見る時に、よく石榴《ざくろ》の実の中を覗くような気がするのである。幼い時私の家には一本の石榴の木があり、毎年、二つか三つの実がなった。私は、はじけて割れた石榴の実の内部を覗きこんで、あの分裂した赤い粒をみながら、それが石榴の芯なんだろう、と考えたものである。石榴の赤い粒の要素は、だいたい同じような大きさの色と形をしているが、一人の人間の持つさまざまな要素は、一つ一つが信じられないほど違った能力と形態を持っている。

前にも書いたことだが、信じるという行為は、疑った後に初めて可能である。逆説めくが、キリストが見ずして信ずるものは幸いなるかな、と言ったのは疑ってこそ初めて信じられるという人間の当然の姿勢から出発し、それを超えたものを指している。よく見て信じるという、根本的な人生に対する姿勢はまだ物心つかぬ前から、養っていいものだと、私は思うのである。

＊

人生は、自分の眼を「仮初めに正しい」か「見えた通りを信じて」生きる他はない。個人の眼力は世間の広範囲をカバーするほどの視力をとうてい持ち合わさない場合が多いが、他人の識者の見方で社会を判断していったら、もっと危険な付和雷同《ふわらいどう》に陥る恐れがある。敢えて謙虚にもならず、さりとて思い上がることもなく、私にはこう見えました、と言うことはむずかしいことだが、それが個人の責任でもあり、小なる説を唱える小説家の姿勢としても安定していると思われる。

人は教会からも女郎屋からも学ぶ

人は教会からも女郎屋からも学ぶ。激しいスポーツからも怠惰な昼寝の時間からも何かを感じ取る。学校が知識のみを教える場所であり続けたら、むしろ異常なのだ。

前に言及した古代ローマの思想家、エピクテトスは皮肉にこうも言っているのだ。

「おお、教養あるおかたがたの、なんと不正の多いことか。すると、これらのことをきみは、ここ（＝学校）で学んだわけなのか」

学校であれ、家庭であれ、教育が行なわれる場所がもし健全に機能しているとすれば、それは、その場所が、人生の明暗を教えているからだ。当然明も教えるが、図らずも暗も教えるから意味があるのだ。

利害を離れて人のために働けるか

動物と人間とはどこが違うか、というと、動物は自分が得になることしかしない。自分の欲望に従って生きる。犬橇《いぬぞり》に繋がれる犬は夢中で橇を引くが、実は引きたくはないので、人間が笞《むち》を振るってむりやり引かせているだけのことである。

しかし人間には、自分が、得になることしかしないような人間だとは思われたくない、という気持ちがどこかにあるはずである。いや、あるはずであった、と過去形で言ったほうがいいかもしれない。

今はそうでない知識人や若者や政治家がたくさんいるからだ。

人間になるためには、利害を離れて、人のために働くことのできる存在にならなければならない。損になることのできる人にならなければならない。それが人間の資格だからだ。そしてそれは、不思議な見返りを伴っている。人の役に立つということは、金銭的・時間的・労力的な面でだけ計算すれば、損をすることになるかもしれないが、精神的には、それを補って余りある充足感が残るのが普通である。

大切なのは「本質」だけ、「精神」だけ

亡くなった夫は、昔、日本大学芸術学部という所で教えていた。かれは自分の勤め先の大学を、この上なく愛していたが、それはそこで学ぶ学生が今時めずらしいほどの個性をしっかり持っている若者ばかりだったからだった。

夫の記憶に違いがなければ、の話だが、彼はある日、大学の男子トイレで、隣に立っている学生を見ると思わず言った。

「君の髪は大したもんだね」

いわゆるアフロ・ヘアで葱《ねぎ》坊主みたいだったのだそうだ。そんなことをオシッコをしながら言う教師もかなり非常識だが、学生はまた動じなかった。

「そうなんです。僕は寺に生まれたもんで、小さい時は坊主頭に刈られていたんです。大きくなって少し髪が伸びた時、生まれつきの天然パーマだってわかったんです」

それが後年の有名な写真家、篠山紀信氏であった。夫と私は仕事の上で、何度か篠山氏に撮影をしてもらったが、その間、夫は往年の学生が世界的なカメラマンになったことを心から喜んでいるようだった。

人間にとって大切なのは、本質だけ、精神だけだ。付随的なことは、すべて楽しい特徴に過ぎない。

黒髪でないと学校に来させられない、という指導要領は、つまり度を越して自分ではなくなるほどのおしゃれをするのは、もう少し大人になってからしなさい、ということなのだろうが、こんな些事一つにでも、本質や国際性を考えることができない教師がいることはやはり考えるべきことだろう。

教師は、数学や社会や国語などだけでなく、もう少し広く人間の勉強もすることだ。

生き方の礎となる「哲学」と「美」、それが人間の「芯」である

人は誰にでも、生き方の中心となる美学、哲学というものがあるべきだ、と私は思っている。哲学などというと、難しい印象を受けるかもしれないが、その人なりの生きていく知恵と言い換えてもいい。「哲学」という言葉は、英語で「philosophy」（フィロソフィー）だが、これは「知恵を愛する」という意味である。

私は、自分を少し賢くしてくれるものを愛している。人生の深い知恵を持っている人

に会い、人生を見抜いているような言葉を聞く時、私はとても得したような気になってしまう。

そういう意味でも、本を読まないというのは、損なことだ。本を読めば、古今東西の先人たちの知恵に触れられて、それを始終自分で考えたことみたいに「盗用」して生きられるのに、最近は、読書をしない人が多い。そういう人は、人生を損している。

そして、自分にとって何を「美」と感じるかは、自分で生き方を選び取ることに通じる。その精神は、少しばかり頑固なほうがいい。誰かに理解されなかろうと、どんなふうに思われようと、庶民にとっては大したことない。自分がいいと信じることを、最終的には静かに命の尽きる時までやる。それが、「人間の美」というものだと私は思うのだ。

＊

子供が、親の経済的な負担のもとに、大学教育まで受けるのは当然と思うのも、いささか思い上がりか、甘いという感じもする。

私は昔、自分から「ワシは文盲や」と古い日本語の表現で言った人を知っていた。つまり義務教育である小学校教育さえ受けなかったという事である。

その人は当時中年男性だったが、話はおもしろく、賢さに溢れていた人だったので、私は彼がどんな理由で初等教育さえ受けなかったか、むしろその事情を聞きたいくらいだった。

かれは雪の深い山岳地帯に生まれた。父は炭焼きを業としていたので、原料となる木材のたくさんある土地に住んでいたのだろう。

当時の日本には、山奥にほんの数軒住んでいる人たちの子供のために、分教場を作るなどという発想は全くなかった。森に数メートルも積もる雪が降る。誰も道をつける必要がない地域だから、豪雪の時にはこの一家は数日、数週間も家に閉じ込められていた。つまり小学校という所には、現実問題として通えなかったのである。

しかしその人は、私が生涯で遭った人の中でも屈指の賢い人物であった。卑下するでもなく威張るでもなく、自分の生い立ちを淡々と、過不足なく語った。

学校など行けなくても、その人は「文盲」などではなかったうえ、むしろ秀才であった。私が常日頃言っていることだが、学問というものはほとんど独学である、ということを立証してくれているような人柄だった。

一粒の麦として、地に落ちて多くの実を結ぶ生き方を選ぶ

『ヨハネによる福音書』の12・24～25に述べられている言葉は次のようなものである。
「一粒の麦は、知に落ちて死ななければ、一粒のままである。だが、死ねば、多くの実を結ぶ。自分の命を愛する物は、それを失うが、この世で自分の命を憎む人は、それを保って永遠の命に至る」

最初に、このいささかどぎついユダヤ的表現について解説しておくべきだろう。
「自分の命を憎む」というのは聞き慣れない不思議な言葉である。それは日本人が考えるような意味で、ほんとうに命なんか要らない、命なんていやなものだ、ということではない。これは「どちらを優先するか」というユダヤ人のよく使う表現法だという。つまり生きることを優先する人と、必ずしもそうではない人と、この双方を比べているのである。

聖書は普段私たちがあまり気づかないような点で現実を突きつける。麦の一粒は、そ

れがそのまま取っておかれる限り芽を吹くこともなく、従って新しい実を結ぶこともない一種の不毛の状態を呈する。麦が撒《ま》かれ芽を出す時には、麦はまるで墓に葬られるように冷たい土の中に埋められ、腐ってその原型を失うようにならねばならない。そこで初めて新しい命である芽を吹くのである。だから麦の一粒の死そのものが「多くの実を結ぶ」前提である。

現代は、自分を大切にすることこそ、人権だと思われている。私の若い頃には「自分を褒めてあげたい」などという薄気味悪い言葉を公然と人前で言う人はいなかった。「自分でもよくやった」と思うことは、いつの時代にも、誰にとっても、あったろうと私は思う。しかしそういうことを自分から言うのははしたないことだし、他人には自分の内面の努力や苦しさなどわかるわけはない、という賢さもあったから、苦労の果てに成功したことも、心の奥深くにじっと留めておいて、軽々には口にしなかったものだ。

＊

アフリカという土地は、人間の人生は何かということを集約し、凝縮して考えることを無言のうちに強いる土地であった。そして人間の命は、いずれの土地にせよ、その地に生涯を捧げるという行為においてしか、誠意の証を示すことはできないのではないか、といつのまにか私は思い始めていた。

シスター・遠藤は、アンタナナリボのマリアの宣教者フランシスコ修道会の付属墓地に葬られていた。墓地が狭くなって来たので、まるで引き出しを並べるように立体式に作られたお墓の一つである。きれいに整地された墓地には、ほかにもたくさんの修道女たちが既に眠りに就いており、にぎやかな家族の集まりのような感じだった。

今から思えば、私よりも十二歳も若いシスターの、あれはもう晩年であった。シスターに最後に会った時、彼女は私が細かい粉に挽《ひ》いて渡しておいた日本茶を大変喜んでくれて「体調がすぐれなかった時、曽野さんから頂いたお茶を飲んだら、ほんとうになおったんです」という言い方をした。私は墓前で、同じ日本茶を淹《い》れた。そして前日不思議な偶然から手に入れたサツマイモのふかしたものといっしょに墓前に捧げた。

いい生涯というものは、例外なく強烈だと私は感じた。迷うことなく、使命と思われる道に邁進《まいしん》している。そのはるかかなたには、恋人のように神の存在があった。だから人は迷うこともなく、アフリカの地からでもどこからでも、星の輝く天に旅立てるのでである。

精神の姿勢のいい人

自分らしくいる。自分でいる。自分を静かに保つ。自分を隠さない。自分でいることに力まない。自分をやたらに誇りもしない。同時に自分だけが被害者のように憐《あわ》れみも貶《おとし》めもしない。自分だけが大事と思わない癖をつける。自分を人と比べない。これらはすべて精神の姿勢のいい人の特徴である。

ふと気がついてみると、私の周囲には、自分の出自を隠していない人ばかりになっていた。出自を隠さなければ、貧富も世評も健康状態も、あるがままに受け入れていられる。世間を気にしなくなるから、ストレスが溜まらない。犯罪を犯す必要もなくなる。そういう人とはいっしょにいて楽しい。どことなく大きな人だ、という感じを与える。だから私は私の友人を誇りにしていられるのだろう。

＊

私の知人の一人は、たまたまあるカトリックの神父を知っていた。大変学識のある、慎重で穏やかな人物だった。かりにこの方をA神父とする。

神父たちは多くの方が酒好きだ。キリスト教はお酒もタバコも禁じている、と思っている方があるだろうが、カトリックの方ではそんなことはしない。A神父も、かなりお酒好きだったが、にこにこ顔をくずさず、お喋《しゃべ》りになるというのでもなく、眠ってしまうのでもなく、はたから見ていても抑制のとれたいいお酒だった。

或る日のことである。知人は夜おそく、修道院を訪ねてみた。実はA神父ではなく他のB神父に用事があったからだ。ひっそりとした修道院の受付で待っていると、遠くから不思議な物音が聞こえて来た。

それは、野獣の遠吠《とおぼ》えのように初めのうちは聞こえてきた。そのうちに、それは人の叫びのようになり（もっとも、言葉は一言も理解できなかったが）、それが、やがてすすり泣きのようにもなって来た。しかし泣いてばかりいるのではない。泣き声かと思っていると、やがてそれが遠吠えのように変って来たのである。

初め知人とB神父は、そのような物音を無視して喋っていた。しかし静かな夜には、その声がいやでも耳に入ってしまう。

「あれは何ですか」

と私の知人は尋ねた。一瞬ためらいが相手のB神父の顔に浮んだが、彼は答えた。それはA神父が泥酔して叫んでいたのである。B神父は、A神父が年に一回くらいはああなるのだ、と言った。それから優しくつけ加えたのである。

「誰も皆、辛いことがありますからね。A神父さんもいろいろ大変な仕事をかかえています」

私の知人はその時、ああA神父の修道生活は本物だ、という気がしたといった。私も同感した。尊敬を失うどころではなく、その話を聞いて私はいつになく涙がこぼれそうになってしまった。

「芯」は英邁《えいまい》なるもの

私の周囲には、たくさんの神父や修道女の知り合いがいる。皆、それぞれの理由で修道院に入り、結婚もせず、従って子供も持たず、或る場合には一生世界の最も貧しい国の田舎で暮らして、その土地の子供たちに字を教え、小さな診療所でマラリア患者に薬を与え、赤ん坊の生まれるのを助ける、というような暮らしをしている。

そうした土地では電気がないから石油ランプを使うのだが、老眼の眼では夜になると字を読むのが辛いと彼女たちはこぼす。ガスはもちろん水道もない。体を洗うのは、タンクに汲《く》み上げた水を空き缶の底に錐《きり》でたくさん穴を開けたシャワー・ヘッド風のものに導き、ぼしゃぼしゃと降って来る装置からである。アフリカでも水で体を洗うのは、寒くて辛いものなのだ。私たちが当然のように温かいお湯の中でのびのびと体を伸ばし「ああ幸せ」などと実感する日は、一日もないのである。

それでもそうした人たちは、たまに日本での休暇が終わると、いそいそと「地球の僻《へき》地《ち》」と言いたいような任地に帰って行く。どうして？　と聞く人がいるが、それは、一粒のままを保って生きるのではなく、仮に死んでも誰かに何かを残すことで、自分の存在が生き続けることを望むからだ。

第二章

かくも「芯」がひ弱になった

戦後教育の最大の失敗は「徳」を教えなかったこと

私は、日本の戦後教育の中で、最大の失敗は、学校も家庭も社会も「徳」というものを教えなかったことだと思う。

体力と知能は、二輪車の二つの車輪のように、どちらの力も同じように伸ばすのが教育だと思うが、それに第三のものが加わらなければ、教育は完成しないし、人間らしい人間もできない。

それが、徳の力とでもいうべきものである。

一般的には「知、徳、体」といわれる三つの中で、あえて必要な順を挙げれば、私は、「徳、体、知」の順序になると思っている。しかし世間は、まず「知」、それからずっと軽い意味で「体」、と思ってきたように見える。「徳」というものに至っては、その存在さえ、たまにしか耳にしない。

徳育、つまり道徳を教えるのは難しいという話を何度か聞いたが、私は遂に理解できなかった。算数や国語を教えるには技術がいる。しかし、人を殺してはいけない、人の物を盗んではいけない、人に迷惑をかけてはいけない、人には挨拶し、何かしていただいたらありがとうと感謝し、困った人がいたら手を差し伸べ、人の幸福を喜び、それを態度で見せる。こんなことは誰でも語れることである。そういうことすら、子供たちは少しも確実に教えられていない。

道徳の基本は、他人を思いやるということである。それができていない人が、世間に驚くほどいる。電車に乗れば、席を詰めもしないで、何となく二人分の座席を占領して平気な顔をしている男女を見ない日はないだろう。義務教育を終えても、まともに電車の座席に座ることもできない人間を、親や教師はつくってしまった。

友達をいじめで殺したり、浮浪者をなぶり殺しにしたりする青少年は後を絶たないし、万引きに至っては、どこにでも転がっている。「子供の万引きくらい大したことではない」と言う大人がいるが、万引きは、店の持ち主の迷惑をまったく考えず、人の目をかすめて、自分のほしい品物を簡単に手に入れようとする。それは、お金の貧困ではなく、人間の心根の極度の貧しさを示すものである。だから、大人たちは、子供の時から何遍も繰り返し、万引きをする精神の恥ずかしさを教え続けなくてはいけない。

複雑なことは、誰にも教えられない。一人しか生き残れない場合、生きるチャンスを人に譲るかどうか、などということは、本人が生涯をかけて考えるほかはない。ただ教育は、こういう美徳もあるのだという例を見せて、他人のために死んだ人は普通の人にはできない勇気ある選択をした、と教えられるだけである。

大切なことをしつけるのは、すべて親の務めだ

日本人が幼児化した最大の原因は、戦後教育の失敗にあるだろう。それは、親と教師と社会のすべての立場の失敗で、学校だけのせいではない。総じて、大人たちが適切な愛情と厳しさで子供たちに接することなく、ただ自由がいいということで、甘やかして子供が嫌がることは一切させなかった結果だと思う。

学齢期までの子供のしつけは、親の責任である。挨拶ができること、単純な善意をわ

きまえること、我慢することなど、生活の基礎的訓練を終えて社会に出すのが、親の務めなのだ。でも今の親は、それをまったくしない。最近でも、ひどい日本語を使ったり、「ありがとう」も言えない若者を見ると、こういう人の親というのは何をしていたのだろう、と思う瞬間がある。学校で敬語を教えてください、家事を手伝うように言ってください、などという親がいるが、とんでもない。

私は、親から全部、学んだ。小さい時から家事ができるようにしつけられた。小学校の四年生くらいにはガスでも薪でもご飯が炊けたし、下着も自分で洗っていた。とりわけ母がいちばん熱心に教えたのは、お手洗いとゴミ箱の掃除だった。「人間、いちばん汚いものの始末ができるようになると、恐ろしいものがなくなるのよ」と言われたが、当時の私はそれがどういう意味なのか、はっきりとわからないままただ言われるままにやっていた。

今の日本人は「生きるか死ぬか」の免疫がない

今の日本人は鍛えられていない。戦争もない、貧困もない、生きるか死ぬかというギリギリの社会的な状況もない。修羅場というものを越えていかないから、ひ弱になっている。でも修羅場を作為的に作るわけにはいかない。だから不便や不遇が自然に発生した時に、私たちはそれを好機と思い、むしろ最大限に利用することを考えるべきなのである。

つまり、幼い時から苦労に慣れさせる訓練をする。子供に生活の厳しさも見せず、人間関係の葛藤も見せないで、ただ、いたわって大きくすると、子供は小さな苦しみに耐えられなくなる。ごくささいな人並みの苦悩が引き金になって、自殺をしかねない。むしろ小さい時から苦労している子供は、大きな困難にぶつかっても、どうにか生き延びようとするものだ。

ひどい環境だったからこそ、その中から学んで強くなったという人間は、世間にはいくらでもいる。プールがない学校はみじめだとか、駅から一キロも歩かなくてはならない学校はスクールバスを運行するべきだとか言うのは、とんでもない。プールがなくても泳ぎを覚えたい生徒はどこかで覚えてくるし、毎日片道一キロくらいの通学は体の鍛錬になる。たいていの逆境は、子供を鍛えてくれる素晴らしい教師だと思えるのだ。

「私を認めて」というのは大きな勘違い

そもそも人間は「他人は自分を理解してくれない」という覚悟の上に、長い人生を立てて行かなくてはならない。

先生に「お前は英語ができるな」とか「今回は国語がよかったな」などといわれて、「ああ、少しは認めてもらえるんだ」と感じたとする。確かに頑張れば、運がよければ、一部は認められることもあるが、絶対にわかってもらえない部分もある。そこでは過小評価も過大評価もあるとして、その両方の配分で人生を見ることを学ぶのである。それが大切であって、全面的に私を認めてほしい、認められて当然だ、というのは大きな勘違いなのだ。

悪い状況、もっと言えば修羅場を経験する意味というのは、肉体や筋肉と同じように精神に負荷をかけることにもあるだろう。そうでないと、人間として使いものになる強靭さが備わらない。それは政治の世界でも同じで、田中角栄がすばらしかったとはいわないが、数々の修羅場と権力闘争をくぐり抜けてきた人と、単に成績優秀で政策に通じた人とでは、危機における能力が全く違ってきて当然である。

危機というのは、人間的なものもあれば物理的なものもあって本当にさまざまだ。いずれにせよ何をどうやって乗り越え、あるいは回避して行くのか、感覚的につかむ必要があると思う。

子供には、「相手の立場に立ってものを考える」訓練をさせる

他人《ひと》の心をわかったと思ったりしてはいけない、と私は長い間自分を誡《いまし》めて暮らして来た。今も同じである。相手のためを思ってしたことでも、時には理解が足りず、的はずれになっていることもあるだろう、と覚悟していれば、相手がこちらの善意をわかってくれない場合でも、大して怒ることなく済みそうである。

今の日本の教育に欠けているのは、相手の立場に立ってものを考えるという訓練を子供にしていないことだろう。対立している場合の解決法は、譲り合うことだ。それをしないと、とことん闘い、傷つけ、最後には殺すことになる。

＊

今は、日本も中国もそうで、一人っ子が多い時代だ。そうなると、自分が食べたいだけ一人で食べるという世の中である。自分だけが中心の時代で、人と分かち合うという気持ちを持つ機会がない。

わたくしはこの頃、ナショナル・ジオグラフィック・チャンネルという、自然と動物のテレビ番組をよく観ているが、ライオンやヒョウなどの動物たちの世界にも戦いはあるけど、獲ってきた獲物はみんなで分かち合うことを承認している。

それが生きるものの運命なのだけど、そういう姿がこの頃の日本にはないのだ。私が欲しいだけ私が取る、あなたのことは知らない、というような心情がだんだん強くなっている。

人間はまず動物であって、動物の部分の上に魂を持った人間の部分があるのだけど、その動物の部分も忘れてしまったところがあるようだ。

対価を払わずしておもしろいことは何もできない

我が身に困ったことが降りかからなければいい、ということになると、何もしないのが一番で、何もしない限りは安泰、という判断になる。人生はいつもある程度の危険と引き換えにして、初めて何かを得られると私は思っている。もっともこういう見方を人に押しつける気持ちは全くない。これは生き方の趣味の問題だから。ただ、すべてのものには対価を支払わなければならない、というのは私の基本的な考え方である。

もし私が他人より多少は面白い人生を送ってきたとするなら、それは危険を冒してきたからである。それも、自分なりに考えて対処してきたささやかなリスクであって、世間的に大したものではない。

例えば、アフリカではマラリアに罹らないように、きちんと食べて、夜は早く寝る。食べすぎはそれだけ菌が多く体に入ることなので、アフリカにいる時だけ小食にする。帰ればすぐに大食する。胃酸がよく効くように食前食後に水をあまりたくさん飲まない。ヒマさえあれば寝て免疫を落とさないようにする。ダニが繁殖しているホテルでは体中が痒くなって夜通し眠れなくなるので、食われたら早目に抗ヒスタミン剤を飲む。じんましんで不眠が誘発されると、マラリアが出やすくなるからだ。

人間はどれだけ文明のお世話になるとしても、自力で生きるしかない。始終それればばかり考えてはいられないとしても、もともとこの世は危険と煩わしさと抱き合わせである。私は時々それと向き合うことでその都度、何かしら大事なことを教えてもらった。でも最近は、いかなるリスクも不便も避けるという人が多くなっている。そういう人は自分の趣味を通していいのだが、「虎穴に入らずんば虎子を得ず」という言葉の通り、何も対価を払わずにこの世では何もおもしろいことはできないというのが、私の実感である。

なにがあろうと「うち流のしつけ」を貫く

各家庭が、「うちはうちです」という言葉を持つことも必要だと思っている。子供が「みんなが持っているから」と言って物をねだることがよくあるが、小さい時から他人が持っていても自分が持っていないことに慣らす訓練をしておいた方がいい。

私の息子が幼かった頃、テレビが自宅にあるかどうかが、その家庭の生活程度を示す一つの大きな決め手だったが、うちにはよそのうちよりかなり遅くまでテレビがなかった。私が子供にテレビを買ってやらなかったのは、一つには息子が退屈という人間的な心を知るべきだと思ったからである。人は退屈すれば、自然に本を読むか、体を動かすようになるし、ものを考えるようになる。実際、息子は暇を持て余して、雑誌か本でも読まなければ時間の潰しようがないから読書の癖がつき、スポーツもした。それでもかなり長い間、息子は文句を言っていた。「友達の○○君のうちでもテレビを買った」という一種の圧力である。でも、私は譲らなかった。ものわかりの悪い親だと思われれば、それで済むことだから。

「あなたが結婚して自分の家庭を持ったら、自分のお金でチャンネルの数だけテレビを買って、好きなだけ見なさい」と言ってやった（笑）。

うちのやり方が正しいというのではないが、どこの家にも家庭の事情と趣味がある。しつけ方というのはそれぞれの家庭にあって、偏《かたよ》っていても押し通していい。それには、親が、いささかの勇気を持たなくてはいけない。世間がどうあろうと、「うち流」を通し、子供に嫌われようが、毅然として取るべき態度を取る。子供が悪いことをすれば、「いけません」とはっきりと叱る。

子供というのは、親にやさしくかまってもらいたい反面、時には厳しく叱ってもらいたがっているものである。高圧的に言われると、たいていの子供は、その時は反発する。

しかし、後で考えてみると、それだけの人生観を持っていた親を好きになるのが普通だと思うのだ。

学校はヨミカキ、ソロバンを教えるだけになった

教育が、教育する側と、教育される側とにはっきりと別れるという考え方も、私は時々恐ろしいものに思う。

たとえば算数を教える時、教える側が教師で教わる側は生徒だ、という関係はなり立つ。しかしそれは比較的単純な技術の教育に関する場合だけである。

教育は全人的なものだということを、私たちは、よく耳にする。教育は小手先、口先でするものではない。もしするとすれば、全人間をあげてするものなのである。

現代は、教育不在の時代なのかどうか、子供が大きくなってしまった今、私にはよくわからない。只、風俗的なニュースとして耳に伝わる限りでは、教育そのものより、教育技術が先行している時代だということは言えそうな気がする。そしてこの技術先行の不均衡は今後ますます、ひどくなるかも知れない。なぜなら、親たちの多くの求めるも

のは、子供に知識、或いは学問技能の部分がしっかりと身につくことであって、総合的な人間の豊かさでない限りそうなるのは明瞭である。総合的に豊かな人間などというものは、むしろ生きて行く上にヤッカイなものである。それは懐疑的であろうし、分裂的であろうし、入学試験にいい点をとるためや、出世街道をひた走るためには、決してプラスの働きをしないからである。しかし多くの親たちの求めるものは、さし当り入試に強い人間である。

私はそれは好みの問題だと思う。世評のいい大学に入れることが、目下のところ唯一の目的というなら、それはそれでいいと思う。これは或る意味で簡単明瞭で迷うことがない。それでは子供の人生は貧しいものだなどとハタから言ってみても、「学校のできないお子さんの親ごさんに限って、よくそうおっしゃるわね」と切り返されるだけが落ちである。学校はこの場合、つまりは、ヨミ、カキ、ソロバンを教えてもらうところなのである。聖職ではなくて、労働者だと自ら宣言された先生に期待できるのは、つまり技術教育だけじゃありませんか。人間的な教育なんてとんでもありません。と言われれば、不思議とつじつまは合って来る。

しかし、私は頭の古い人間なのであろう。先生は、先生であるというだけで敬うべし、と今でも思っている。

善行は他人に知られないようにしてやる

人は善行をするとき、他人に知られないようにやりなさい、ということは聖書が既に書いている。その時初めてその行為の必然性も出るし、なおかつその行為に香気が感じられるというものだ。

人間の社会で救わなくてはならないのは、富者と貧者、権力者と権力を持たない人との、双方なのである。つまり全員だ。この両者は抱えている問題の質が全く違うときがあるからである。その点を見抜いて、職業的に支え、仕えることが、立派な職業人だと私は思う。

他人の威を借りて自分を大きく見せる人は「要注意！」

「先日、誰それさんにお会いしたの」とか、「誰それさんが、とても応援してくださっているの」とか言う人は、私に言わせると「要注意人物」である。そういう人は、ものごとの評価を他者の判断に委ねようとしているのだから、自分がない。「偉い人」が付き合ってくれているのだから、自分も「立派な人」なのだ、という価値の転換を行おうとしているのかなと思うのだが、詐欺事件の発生直前の心理的状態を作ろうとしているようにも思う。

＊

「来る者は拒まず」が原則だったが、私は去る者も追わなかった。いや、来る人の中に拒んだ人もいる。私は権力主義者が嫌いだった。会ってすぐ、自分は総理と食事をする仲だとか、県知事と親しいとかいう人がいると、私はその日から、その人との関係を疎遠にするようにした。深い理由はない。

ただ私は、そういう権力とのつながりを細かく記憶する人は、凡庸な人物に見えたのである。人生は限りある時間を使うことなのだから、その時間を、どう見ても平凡な人とのつまらない話に使いたくない。

権力でつながった人間関係の話に出てくる人物に、魅力が全くないのは困ったことであった。肩書だけしかはっきりしていない登場人物が多いと、出来の悪い芝居みたいにすぐ退屈したのである。私は日々の生活の中のありきたりの話題の中でも、胸の躍るような人の存在があることを知っていた。話し方によっては、それらの人物像が浮かび上がってくることもあるのだから、退屈な話にはとうていついていけない。

子供はよき環境と同時に悪い環境も必要なのだ

子供には、よき環境を与えねばならぬが、同時に、悪い環境も必要なのである。そして悪い環境にいたから、悪くなったというのは子供の性格が弱かったからで、そのような子は、いい環境におけば、果してよくなったかというと私は疑わしい気がする。それに耐える力がありさえすれば、人間はどのような悪環境の中からも、吸収すべきものを吸いあげるし、耐える力がなければ、よき環境の中でもダラクすると私は思う。

教育というものは、人間を決して根底から変え得るものではない。ただしこれは、多かれ少なかれ教育にたずさわる人々にとって、唯一最大の禁句である。彼らは、自分の職業上の専門職としての立場からも、一種の美談好きの人々の心を刺激しないためにも、教育によって人間はどんなにも変り得る、という見解をとろうとしている。しかし、私には、それは信じられない。知能の低い少年は、一生知能の低いままだし、華やかなことが好きな人は、どんな立場になっても、その好みを捨て去ることはできない。教育によって変ったと見える場合も、それは他人の教育によって変ったのだと私は思えない。それはその当人の自己教育によって変ったのである。そしてその当人の自己教育に、他人が少々手を貸しただけだと思う。

子供を教育しながら、しかも最終目的は独立を完成したその相手の前から、さりげない形で姿を消すことだ、ということは、実は、常に感謝され、自分の与えたものを相手に確認してもらいたい普通の人間関係においては、なかなかできにくいことである。人間が動物ではなく精神をもった人間になった時から、それは却って困難になったのである。しかし本当の親の愛情というものは、本来、無私の愛である筈である。

教育は不可能と知りつつ教育し、別れることを前提に人間を創る。この関係を見ただけでも、私はやはり、幼い時に感じた、この世はろくな所ではないという印象が、改めてほのぼのと思い出され、再確認されるのである。

人間の見抜き方や、悪を親や学校は手つかずのままにしている

「人間の眼」だの、「世間の噂」だのにふり回されていると、信念に基づく行為はとれない。しかし配慮をするということは、決して周囲を恐れていることではない。「そのことに関わる」人々がどう思うかについて、配慮をすることである。

不思議なことに、人間は子供の時からあらゆることを学ばなければならないと言われる。しかし人間の見抜き方、世間の反応の推測法などについては、学校でも教えない。親も教えない。ほとんど手つかずのままだ。

私の家ではこういう分野を母が教えた。母が教えなくても、昔は子供たち自身が小説などを読んで学んだ。しかし子供が読書をしない今は、教える機能を持つ存在がない。テレビは悪人を場面には出すが、悪そのものについては、ほとんど教えない。悪はまちがいなく、この世に実在する一種の知的行為である。

＊

人間は基本的に悪いことをする要素を持っている。金は盗む。ヒトの荷物は盗ろうと

する。命じられたことはやらない。物は片づけない。他人の所有物は、いい加減に扱う。うそはつく。

それが普通なのだ。だから世の中の人は、こうした悪人の心情を基本にそれを防ぐ制度を作る。悪は一面で大事なのだ。

戦後の日本の教育ではこの点で失敗した。教室で「皆いい子」と教えたからである。もちろん人間の善なる部分を理解しない人の生涯は不幸だ。しかし人間の悪を考えて、それに備えることも大切だ。悪を理解してそれに備えることは、悪を奨励することとは違う。

経済の安定、国防、警察機構、防疫、交通安全、すべて悪に備える姿勢が基本的に要る。

親の考え方が〝子供〟を作る

人間の幸不幸の原因は、社会や国家の仕組みのせいだと思っている人が多いらしいが、実は半分以上、自分の性格から出ているものではないか、という気がする。

素直に心を開くということができないのである。そんなことをすると、他人に自分の生活を知られ、比べられて、ばかにされるか、お金や幸運を狙われる、と思う。自分のうちの玄関の戸を開けば、人は入ってくる。もちろん強盗が入る場合もあろうが、この世に生まれてくるのは、人に会うためなのである。人と出会ってその豊かな才能を見ることが、楽しみでもあり豊かさでもあると、私は始終感じている。会社のように人の集まりで仕事をしている組織なら、社員の異なった性格や才能のおかげで、儲けもするだろうし、損もするだろうということは、明白である。

人間というものは、実に精巧に作られていて、一人一人違う。私たちは個性的でありたいと願いながら、外で服を買うとすればまず似たような既製品を買う他はない。しかし既製品の服ほどに、同じような人間はめったにいないということを思うと、この個性的な人間の存在を、どれほど貴重なものと思うべきかを、子供たちにも、幼い時からはっきり教えるのも親の務めなのだろうと思う。

親が、人と会うのは楽しいことだ、と言えば、子供は大体そう思う。初めの教育が日本にはないのだろう。

生きるための基本的な知恵を誰も教えない

私は、新しい時代の日本人がわからなくなっている。基本を考えようとしない。災害用に薬缶《やかん》を用意しようとしない。お湯を沸かすのは、電気ポットだけ、という人もいる。確かに我が家でも、最近、お湯を沸かすのに、薬缶を使わない。大量のものはポットに沸いているし、少量の場合は、小型の鍋で沸かしている。

「電気ポットは、焚き火に掛けられないでしょう」

と言うと、びっくりしたような顔をする。燃える焚き火で調理をする、ということは、全く考えていないのだ。

東日本大震災の後の話をしていた時、私が「もし壊れた家の中から、お米と、お釜かお鍋を取り出せたら、津波で漂流して来た材木はそこら辺にたくさんあるんでしょうから、それを取って来て、ご飯も炊けますよね」と言ったら、「しかし壊れていても、誰かの持ちものの木を勝手に燃したらいけないんじゃないですか」と反論した若者がいた。

これが最近の若者の常識なのだ。

災害の後で、いずれはゴミとして集めて運び出さなければ、復興の手順も着かない漂流ゴミの所有者まで探して、届けて、許可を貰わないと使えないと言う日本人の正直さに、私は手を焼いて黙っていた。しかしそれも悪かったのでついに私は、「つまりそういう時は非常時で、『平常時』ではないんですから、私は国有林の木でもなんでも切って、薪にしてご飯を作りますよ」と言ったら、許しがたい悪人だという顔をされた。木を切る、ということはどんな時でも、今や悪そのものとなったのである。私は素人庭師だから、木はかなり平気で切る。一本切ったら二本若木を植える、という習慣さえつければいいのだ。

＊

人生で好きなことさえあれば、人間は必ず生きていける。ひとかどの者になれる。「受身の好き」だけではだめだ。マンガを読む、ゲームをする、チャットをする、洋服を買いに歩く、お化粧に夢中になる。この程度の誰にでもできることをするだけでは、お金になるわけがない。

人生で仕事と呼ばれて収入を得るには、すべて辛さに何年も耐え、自分で工夫することが昔からの条件だった。今はそれでもずいぶん楽になって、修行中の辛さは減り、一人でそれほど耐えたり考えたりしなくても、月給だけはくれるところが多くなった。しかし誰にでもできる平凡な仕事には楽しさがない。人は生来好きなことをして稼ぐことが、幸福になる秘訣なのである。

昔から人が嫌がる仕事を選べ、というのも生きるための一つの方法だった。しかし今の若者たちは、人の避けることは自分もしたくない。危険も怖くて嫌。辛抱する気はない。いわば捨て身で何かをすることなど全くないのである。

生きていくことは、一つの競争なのだ。勝ち抜くためにはそれだけのことをしなければならない。国家も他人も当てにできないというごく普通の知恵を、どうして誰も教えないのか、私は不思議である。

精神の核である芯を持ち続ける

アメリカの大衆の素面など見る折りもない私にとって、選挙はおもしろいドラマであった。そして少なくとも、マスコミや知識人の間では全く当選を予想されていなかったトランプに投票した人の多かったアメリカ人には、自分の素顔をさらす正直者の方が多かった、という結果だけはわかって私は安心したとも言える。

しかし日本人は、その後も更に、他国の大統領選を、日本人の踏み絵にした。「トランプはお好きですか」というそれとない質問が、あちこちでまだ続いている。

本当のところ、遠い異国の、この個性の強い大統領を、私は好きでも嫌いでもない。ケネディは美男だったという人もいるが、映画スターと同じで、私の実生活には関係ない。

ただ映画スターとは違って、大統領はアメリカ人の実生活に大きく関係する。トランプに賛成だというのは、彼はソロバンをはじく人だということはまちがいなさそうだからだ。私もソロバンをはじいてお金儲けに成功したいとは思うが、いつも成功するとは限らない。個人が損をするのはかまわないが、一つの会社、一つの国家が破産したら、その被害を受ける多数の人たちが不幸になる。だから現実問題として、大きな組織のトップは経済的な目がなくてはならない。

それが基本的才能である。

しかし多くの場合、儲けるということは、あまり背徳的でもなく、他者の希望を踏みにじってもいない。だからこそ、事業が栄え、お金も集まるのである。

トランプを勝たせたのは、アメリカのマスコミだと言ったら、かなり本気で怒った日本人がいた。ＰＣ（ポリティカル・コレクトネス）に反するようなことを言うトランプに、人道主義に溢れるマスコミが加担するわけはない、という感じである。

しかし選挙運動中、あまりにも胸を張ってＰＣを守り続けたクリントンに、国民はうんざりしたのだ。あまりにもそのおきれいごとが続くと、国民はうんざりして、名前のでない選挙では、「悪党」の方に一票入れた。

もちろんそのうっぷんが、これほどまでにはっきりと、悪評にまみれたトランプの勝利に手を貸すことになるとは、人道主義者たちも私も思っていなかったのだが、現実はそうだったのだろう。

私は改めて、自分の直感が、アメリカ国民の健全さを少しは見抜いていたのか、と嬉しくなった。

私は平凡な現実主義者で、ほんの少しだけ理想を心の片隅に隠し持って生きている。

私はこれ以上の「いい人間」になったことも、なろうとしたこともない。
しかし私程度の俗人もまた世間には多かろう。だから私は「トランプでいいんじゃないの」などといい加減な感想を述べて、それで白い眼で見られても一向にかまわないのである。

選挙後、早くもトランプの政策には破綻が出て、株価も下落方向に向かっているという人もいる。しかし、もう少し時間をかけて見なければ、一人の人の性格など、見えるものではない。

一人の人間の道徳性などというものは、そう簡単にはあらわにならない。信仰の中の神を最後まで守って、そのために命を捨てる「殉教者」のことを、英語では「マーター」というが、この言葉は「証する（マルトュレイオー）」というギリシャ語から出た言葉だ。彼が最期まで神を裏切らなかったのは、神の力が加わっているからだということを「証した」人なのである。

私は少なくとも、そのような精神の核を持った人に憧れる。自分は安物の飴玉のように中心がないので、ほんとうは扱いに困るほどの芯を持ちたいのである。

人を救うことは自らの身を切ることである

トランプ大統領に関する主にマスコミの反応は、どうも私にはわからない。大抵の人はトランプ氏の友人ではないのだから、わからないのが当然なのだが、その発言が変わったから信じがたいとか、変わらないと困るとか言って一喜一憂している。

トランプ氏は、その場その場で本音に近い効果的なことを言う人で、お体裁のいい人道主義だけを口にする人々、私の言うＰＣ信奉者からは嫌われる。

彼は「商売人」として、刺激的なことも言うし、周囲の状況と共に変幻自在な人でもあるだろう。とすれば、こちらも、トランプ氏の発言を受けて自由自在に対応すればいいのだ。

アメリカの大統領が、「アメリカ第一」と言うのも当然だ。どの国の人も、自国の利益を第一に考えて何が悪いのだろう。しかし近年では、狭い意味で自国の利益だけ考えることは、決して自国の利益にならないことがわかったところがおもしろい。

難民に対する人道主義を取ることを真先に国際社会で発言したドイツのメルケルが、

最近になって、押し寄せる難民に対する国民の不満に対処できなくなっている。そんな経緯はわかり切っていたことだ。

人を救おうということは、自分の身を切ることなのだ。パンが一個余分にある日なら、それを差し出すのは簡単だ。しかし一個しかないパンが、自分一人分でも十分ではない時に、そのパンを半分にして、難民に与えなさいということはなかなかむずかしい。しかしほんとうの人道支援というのは、そういうものなのだ。若い人たちは、支援とは、有り余るものを出すことだと思っている。それは間違いなのだ、と教師たちは教えなくてはならない。

生き方を決めるのは自分、その責任をとるのも自分にある

今の日本の社会的状況は、何でもできる。職場を辞めても、仕事の内容に好き嫌いを言わなければ、何とか生きて行けるはずだ。自分を生かすも殺すも、自分の判断とその結果の行動による。

社会主義国家で暮らす体験を私は知らなくて済んでいるのだが、日本のように、生来

の仕事から恋愛まで自由に選べる生活もまた恐ろしいのである。責任は全部自分にかかってくる。昔は結婚は親が決める場合が多かった。だから恋愛感情は生まれなくても、相手が常識的な世界観の持ち主で、一生おだやかに暮らせた例も多かったと言えるのかもしれない。

しかし今日一日の生き方を決めるのはやはり自分なのだ。そして今日一日が幸せで、明日も同じようにおだやかなものであり、それが長く続けば、その人の生涯は成功だったと言える。選ぶのも当人、結果を判断するのも当人となると、判定は公正のようだが、不満の持って行き所もなくなる。

一生は、今日一日の積み重ねだ。だから、今からでも不満は修復できるとも言えるし、その全責任が自分にかかってくる恐ろしさにも気づかなければならない。

第三章

人間の使命は「他者を思いやる心」

人は「与える」ことによって大人になっていく

好意や援助を受けることやもらうことばかりを求めている人は、どこまでいっても満足感を得られず、永遠に心の平穏を保てないと思う。

なぜなら、人は受けている時は一応満足するけれど、次の瞬間にはもっと多く、もっといいものをもらうことを期待してしまう。

心は「もっと欲しい」と叫び続け、いつまでも飢餓感に苦しめられることになってしまう。

しかし不思議なことに、自分が与える側に立つと、ほんのちょっとしたことでも楽しくなるものだ。相手が喜び、感謝し、幸せになれば、こちらの心はさらに満たされる。

いつも言うことだが、人間は与えることによって大人になっていく。赤ちゃんの時は、おっぱいをもらって、おしめを替えてもらって、何もかもしてもらう。それが小学生くらいになると、少しは家事の手伝いをしたり、母親の荷物を持ってあげたりするようになる。

社会人ともなれば、給料で親に何か買ってあげたり、たまに旅行に連れ出したりする。そうやって、年をとるにつれて与えることが増えて、壮年になれば、ほとんど与える立場になるわけである。

人柄のいい人は、人生を総合的に見られる眼力を持っている

人間は外見が大切だ、いや人格だ、教養だという論議の他に、最近では「品格」という言葉まで加わった。

人格と品格は、ほとんど同じ言葉だとされているが、品格という表現にはどこか冷たさが感じられて、あまり使いたくない。その点、人格という日本語特有の表現は優しくて好きである。

人柄のいい人、という定義には、特に外見が美しいとか、大金持ちだとか、地位の高

い人だとかいうニュアンスはこめられていない。しかしそこには人間の魅力の源泉である温かさという美徳が込められていると私は感じている。

生きている人には体温があるのだが、このごろ他人のことなど眼中にない、という爬《は》虫類《ちゅうるい》のような人もいるようになった。もちろんライオンにも象にも、心に近いものはあるのだろうが、動物の心の主流は、もっぱら自己保存の本能に向けられている。自分以外では、子供が親を求めたり、子供を守ろうとしたりしているが、それらは自己保存の変形だろう。

身の回りの肉親や、他人のためにあれこれ思うことのできる心の存在が、人柄を作るのである。

人柄のいい人は、自分のであれ、他人のであれ、人生を総合的に見られる眼力を持っている。他人が助けられるのは僅かな部分だが、それでも手助けしようと考えるのである。別に自分の人柄をよく思われなくていいです、と若い人は言いそうだが、客観的に見てあの人は人柄がいい人だ、と思われないような人には、他人は尽くさないものだろう。

人柄の悪い人には、何か助けるべきことがあっても、してあげようという気にならないことがある。だから人柄がよくない人は、結果として貧しい人生を送る、お金やものに貧しいだけでなく、おもしろい人生も送り損《そこ》ねるのである。

決して軽くはない運命を受け容れた人のすがすがしさ

町内の清掃会には、一人だけちょっと目立つ女性がいた。吉次郎より少し年配と思われる。背骨の曲がった婦人だった。もちろん吉次郎は、彼女と仕事上の口をきくだけで、彼女の病気について触れることもなかったし、彼女の方も、吉次郎の指について、「どうしたんですか？」というような質問もしなかった。その婦人の隣にしゃがんで、伸びすぎたツツジの枝を切ったり、草を取ったりすることに、吉次郎は気楽さを覚えていた。いささかの肉体的な病気や怪我を持っていない人はほんとうはないのだが、普通、それに気がついていない人は、眼に見える欠陥を特別扱いにする。だが、この婦人の隣ならお互いさまという感じがあった。

「お名前は何ておっしゃいます？」

ある日、吉次郎はその婦人に尋ねた。

「秋岡星子です」

「お星さまの星ですか？」

「ええ、小さい時からちびでしたから、ちょうどよかったのよ」

「あなたは、おしゃれな方ですね」

吉次郎はつい思っていたことを口にしてしまった。

「え、どうして？」

相手は明らかにびっくりしたようだった。清掃奉仕に来ているのだから、誰もおしゃれなどしているはずもなかった。

「あなたのブラウス……」

「これ？　これもう古いものよ。五年くらいは着ているかしら」

それがどうした、と言わんばかりのさばさばした目つきだった。

「普通あなたのような体の方だと、背中が丸いからブラウスの後ろの裾が真ん中のところで上がるもんでしょう」

吉次郎は正直に言った。

「それが、あなたのブラウスはいつも裾線がぴりっと真っ直ぐだ」

「姉のおかげなのよ。姉が今でも私の母代わりで、私の体に合うようにブラウス買う時になおしてくれるからでしょう」

「裾をおろして、長くするの？」

「まさか。ブラウスは裾で長さを調節できるほど縫込みの余裕なんかないのよ。むしろ後ろの短い部分に合わせて、前を切って裾線を揃えるの。私ちびだからブラウスが短くなるのは平気だから」

「どっちにしても、あなたは人生をきれいに生きてるね」

「あなたこそ」

星子は言い返した。

「あなたは何でも四本指で器用になさるけど、それがとても優雅に見えるのよ。五本だと『摑む』っていうような荒々しい感じになるでしょう。だけど、四本だと『持つ』っていう感じになるの。おかしなもんね」

「そうかな。そんなふうに思ったことはないけど、ただ子供の時の事故だからね。途中から不自由になったんじゃないから、こんなもんだと思って来たんですよ。その時、痛かったって記憶もあんまりないんだから、私はよっぽど人間がおめでたくできてるんでしょうね」

「私も、女姉妹の三人の末っ子だから、可哀想がられて甘やかされて、考えてみればうんと得しちゃったの。上の姉は夫婦仲が悪いし、下の姉は息子がぐれてるから、心配が絶えないのよ。私は質素に暮せば何にも苦労がないんだから、申しわけないみたいなの」

「あなたも、苦労がなかったわけじゃないと思うけど」

吉次郎は一瞬言い惑った。吉次郎の生きて来た道、性癖、趣味、結婚など、運命のすべての結果は、彼が小指を不当に失ったことから始まっていた。それは秋岡星子の曲がった背骨と全く同じくらい横暴に、運命に対する支配力を持ったものだった。

「だけど、多分私たちは、うまくやって来たんですよ」

「そうね、多分ね」

「僕は、あなたみたいにきれいな立ち姿の人にも会えたし」

「あら、いやだ。ブラウスの裾線がきれいだって褒めただけじゃないの？」

星子は屈託のない笑い声を立てた。秋の枯れ葉の草むらはそれなりにいい香りを立てていた。

正直者は損をしても正直を貫く

現代の私たちの社会には、誠実に考えると、正しい道を選んでも人生の失敗に終わることもある。しかし現実の生活の中では、人間は善意をもって考えれば多くの場合百パーセント近く成功する仕組みを作っている。善意であれば成功させなくてはならない、と社会も構えているからだ。つまり、正直者に損をさせてはならない、と決意しているのだ。しかし本当は正直者は、損をしても正直を貫くものなのだ。

自らが損をしても傷ついても、それが選択の本道なら致し方ない、と決意することは、日々の行動の基本が、社会の評判で動いているか、自己の哲学によるものかによって決まる。

こうした事態が、現実の社会に起きない方がいいに決まっている。しかし追い詰められた場合の決断こそ、人を人にする場合もある。こういうケースが、私たちの身近に余りにも起きないので、私たちは香りのいい人間にならないのかも知れない。

生き方の美しい人は目立たない

人間の生き方は、できるだけ目立たない方がいい。人類が発生してからどれだけ経つのか私には考える気力も知識もないが、その間の夥《おびただ》しい死者たちが生きて力尽きたその方法は、大河のように自然なものであった。その偉大な凡庸さに従うことが、実は人間の尊厳でもある、としみじみ思うのだ。

ことに老年にとって、「目立たないこと」は、明らかに美徳と言ってよい。私は毎年、障害者や高齢者を含めた外国旅行をしているが、その中で性格のいい人と健康な人は、瞬間的には目立たないものが、ということを発見した。身勝手な人（私も、その一人だろう！）や、体に故障のある人は、グループの中ですぐ目立つのである。だから八十代九十代の人で（ほんとうにその年頃の方が、今までに何人も旅行に参加したのだ）健康な人は、グループの中で、遅れもせず、階段の上り下りに危険も感じさせないから、とにかく目立たないのである。後からじんわりと、これはすごいことだ、と思うだけである。

誰でも、たとえ心にどんな悲しみを持っていようが、うなだれずに普通に背を伸ばして歩き、普通に食べ、見知らぬ人に会えば微笑する。それこそが、輝くような老年というものだ。馬齢を重ねたのでないならば、心にもない嘘一つつけなくてどうする、というものだ。この内心と外面の乖離を可能にするものこそ、人間の精神力なのだろう。それは雄々しさと言ってもいいかもしれない。

いつも誰かを受け入れる食卓の風景

イタリアの神父さまが、ボリビアで結核病院から出た直後の、また働けない患者さんを引き取って生活させていらっしゃっていた。そこではみんなが昼間、葡萄棚の下で食事をする。二十人くらいの席がある。神父さまの叔母さまもいらして。

一つだけ空席があったので、どなたがいらっしゃるんですか、と尋ねると、それは

「神の席」だとおっしゃった。誰が来ても、気楽に座れるようにいつも一つ分、空席を用意しているという。

私の家でも、それをやりたいな、と思った。

気楽に誰かを受け入れられるように準備している食卓、これは素晴らしいことである。単なる食事ではなくなっている。

恨みや悪意は「忘れる」のが特効薬

自分が或る小さな社会にとって必要な人間だという自信があれば、他のことで少しくらい嘲《あざけ》られてもばかにされても、人はあまり気にしなくなる。つまり人は一つだけ、自分が他人の追従を許さない専門分野を持てばいいのだ。それも大したことでなくていい。サハラにおける私のように、やっつけ料理がうまいという程度の、ちょっとした得意業《わざ》でいいのである。

その時初めて人間は頭が悪かったり、貧乏だったり、不器量だったり、学歴がよくなかったり、病気持ちだったりする僻《ひが》みの種となるものから解放される。人生で使う道具は一つあればいいや、と笑って済ます余裕ができるのである。その時私たちは、確実にいささかの魂の自由も同時に手に入れるような気がしてならない。

＊

私は昔から、忘れることだけはわりとうまかった。普通の意味では、これは決して才能とは言えない。しかし私は恨みを長く覚えることは、自分がみじめになることだ、ということだけは体験的に知っていたように思う。だから、ごく稀《まれ》にだけれど、「あれ、この人と昔何か対立したことがあったかな」と思いながら、どうしてもその原因を思い出せない、ということがある。この場合相手は私がけろけろしているので、

「あきれたものだ。昔のことを忘れてよくあんな顔ができたもんだ」

と侮蔑《ぶべつ》しているだろうが、個人的な悪意を長く覚えていてよかった例はあまりないのである。

香りよく過ごしてきた人

「実は、私が昔、結婚しなかった人が、あのミニ飛行機のコンテストに出ていました」

「恋人でいらしたの?」

「いいえ。私の方があんな地味な人は嫌だと思って振ったんです。彼は、自転車屋さんをしていたんです。代わりに私は一流銀行に出ている夫と結婚しましたけれど、ほんとうに卑怯な気の小さい人で、うまくできないことはすべて他人のせいにするという性格でした。

私も少しノイローゼのようになって入院してしまったんですけど、その隙に、先方が息子を置いて行く条件づきで離婚を迫って来たのに応じてしまいました。

で、何にもなくなってしまったんです。お金も子供も家族もなくなりました。当時は健康もめちゃくちゃでした。立ち直るのに、三年かかりました」

「三年くらい大した時間じゃないわ」

「その自転車屋さんをしている人が、番組に出ていたんです。自分で作った対潜哨戒機を飛ばしていました」

「ああ、覚えているわ。凄い精巧なのね」

「あの人、初婚で結婚した奥さんが、子連れの未亡人でした。その話は、他の人から聞いていたんです。そしたら、運の悪い人で、その奥さんが町内会のバス旅行で東北へ出掛けた時、運転手さんが居眠り運転で高速道路で事故を起こしたんですって。奥さんはその弾みで頭を打って意識不明のまま亡くなったらしいんです。

でも彼は血の繋がらない息子と仲がよくて、二人とも、傷口をなめ合うみたいに労《いたわ》り合って生きていると聞いていましたけど、その子供と二人で写っていました」

「そうでしたか⁉」

「むかし、彼は言ったんです。僕は背伸びして生きたくない。自然な姿勢で、でも少し顔を上げるくらいの感じで、自分の興味のあることをして、自分のテンポで生きていたい、って。私はその時はそういう言葉が、何となく情けなくて嫌でした。でも彼はほんとうにそんな感じで陽やけしたいい顔をして生きていました」

「お別れになって何年目？」

「もう十四年になります」

「よかったですね。いい生き方が一つでも見えたってすばらしいことだわ」

なに一つ不自由ない生活でも、幸福とはいえない

「旦那さんは、どんな人だったの？　最後に聞いて帰りたいな」

「主人は五十歳で死んじゃったんですけどね。漁船に乗って、いい男だったのよ。優しくて、白い歯出してよく笑うしね。私の作る味噌汁うまいうまいってよく食べるし、二人でいつも朝日の中でご飯食べたもんですよ。あの頃は幸せだったのよ。ああいう暮しが続いたら、私、とても死ねなかったね」

「でも、今は死ぬのが怖くなくなった……すばらしい悟りじゃないか」

「そう、お坊さまが言われましたよ。人間苦しいことがあると、人間が上等になるんだってね。だから私は、息子に感謝してるの。ほんと、お客さん、息子のこと、どうか悪く思わないで頂戴」

それから彼女は声をひそめるようにして、四つほど離れた露店の台の前に立っている老女の方を軽く顎で指すようにした。

「あの人、ああ見えてもお金持ちなのよ。貯金もたくさんあるしね。ご主人もいるし、銀行員の孝行息子もいるの。息子夫婦と同じ屋根の下で暮らして、自分の家の敷地内に娘夫婦も住まわせてるのよ。

だからあの人、死ぬのが怖くて怖くてたまらない。なまじっかお金も持ってるから、なくなったらどうしよう、ってそればっかだね。毎日漢方薬やらビタミン剤やらを山のように飲んで、それでもまだ、ここが悪い、あそこが痛い、って医者通いしてますよ。でも私は、お産の時以来、寝たことないの」

それから間もなく集合の時間だった。

「ごちそうさま。すばらしい話もありがとう。幸福も考えようだね」

「ほんとうですよ。死ぬのが怖い人は、さしあたり気の毒だよ」

相手はちょっと真面目な顔になった。

家族の会話は誰にも遠慮なく話せるから楽しい

家族の会話ほど、人間を育て、心が満たされるものはない、といつか書いたら、「どんな会話をしたらいいのでしょう」と聞いてきた人がいた。

家族の会話というものは、知的である必要なんかどこにもない。とことん下らないことを喋るのが、その特徴なのである。

家庭内での無作法に愛はない

四十歳を過ぎてから、遅まきに聖書の勉強を始めて、ほんとうにびっくりしたことがある。聖書の中にはパウロという人によって書かれた「コリントの信徒への手紙」が二通含まれているが、その第一の手紙の中の十三章四節からが、「愛とは何か」という最もむずかしい概念を規定した箇所である。パウロは十二使徒ではないが、初代キリスト教会を作るのに最大の力となった人である。

そこには愛の特徴の一つとして「礼を失せず」（コリント人への第一の手紙13・5）ということがある、と書かれているのである。

この言葉を読んだ時、私は自分が今まで家庭というものについて考えてきた「気楽さがいい」という思い込みは、全くの間違いなのだ、ということを思い知らされたのであった。

家庭内での無作法は、相手を深く傷つける。「あなたなんか会社でだって役立たずじゃないの」とか「妻子もろくに養えなくて何言ってるのよ」などという妻からの言葉もあるし、「お前みたいなブスが一人前の顔するな」とか「お前の一家は揃いも揃って頭が悪いからな」などと言われたという妻にも会ったことがある。

すべてこれらは「礼を失した」態度なのである。

親しき仲にも礼儀あり、というのは、友達同士の関係をいっているのだろうと昔は思っていたが、今では夫婦・親子の間で必要なことなのだ、と思うようになった。

私たちは多分一生、誰にも甘えて無作法をしてはいけないのである。そんなこと疲れるでしょう、と言う人もいるが、むしろきりりっと気分を張り詰めて、配偶者にも成長した子供にも、立ち入りすぎた非礼をなさない、と決心する方がかえって楽なのかもしれない。

こう思ってから後でも、私はまだしばしば礼を失しているのだが、酒を呑みすぎてべろべろに酔うのも、服装に無頓着なのも、愛がないことになる、という解釈は新鮮である。

尊敬は快楽である

外面と内面の「美しい」と思われるものに触れる時、それがどれほどの喜びか、私は年を取るほどよく分かるようになった。

正直なところ、若い時の私は、もっともっと物質的であった。しかし、今は少し違う。私の現在の快楽は、パウロが挙げた幾つかのすばらしいことを見ることによってほとんどカバーされていると言ってよい。パウロが第一に「真実であること」を挙げているのは、意味深い。私たちは嘘をつく気でも、ごまかされる気でもなくても、真実から遠くことがある。見栄、流行、世間体、政治の圧力といったものも、真実を覆《おお》い隠す。自分の弱みを言えなくて苦しんでいる人は実に多い。「真実であること」を貫くには勇気がいる。

尊敬が快楽であることを知ったのは、もうずっと以前だが、そんなものが快楽になるなどということさえも、若い時には思いつかなかった。しかし、今では、もうそのことしか楽しみはないような気さえする。完全という人はいない。と同時に尊敬すべき点がないという人も、皆無に近い。ただ、人には好みがあるから、尊敬してはいても、付き合いきれないということはある。しかしどんなにほかにおかしな癖があろうとも、どこか一点いいところがあれば、私は付き合っていて楽しい。その一点は、必ずパウロの挙げた美点のどれかに該当するのである。

人を愛する、ということは身近な存在から愛すること

それほど恵まれている日本なのに、日本語で十分に自分の思いを告げたり、書いた文章で状況を連絡したりすることに自信のない人が現代にはたくさんいる。

現実に、「読み、書き、話す」という「人間の業《わざ》」が十分にできる人が、組織において社会を変えることもできるし、人の和も築ける。そしてこの三つの「業」は、別にお金をかけなくても、一流大学に行かなくても、自力で身につくことだ。

長く生きてきて私がわかったことは、ほんとうに小さなことだ。日々、家族や身近な知人が健康に穏やかに暮らせることは偉大なことなのだ。大志が家庭を暗くするようだったら、私は卑怯者だから、大志などさっさと捨ててしまう。

人を愛する、ということは、身近な存在から愛することだ、と昔カトリックの学校に

いたときに教えられた。だから途上国援助も大切だが、順序としては、家族や友人から幸福にすることなのだ。

ある日の陛下と皇后陛下の深い労《いたわ》り

二、三年前のことである。

或る日、皇后陛下からお電話があった。私が多分よく知っているだろうと思われる分野についてのご下問《かもん》があった。

いろいろな都合で、私はその日、私なりに用意したお答えを持ってお住居の御所に伺うことになった。日曜日のことである。皇后さまにご奉告していると、御所の侍従や女官らしい方々が、お出ましになっている陛下のお帰りの時刻に皇后さまがどこでお迎えになるか、という打ち合わせに何度か入って来る。

私はむずかしい立場だった。皇后さまからのお呼び出しだったのだから「では、私はこれで帰ります」と申し上げるのも適当ではない。しかしいつ迄もいるのは気がきかない。

私は落ちつかない思いで、皇后さまのご質問にお答えしながら、心理的にはもう半分椅子から立ち上がりかけているような気分だった。そんな状況で、二、三十分が過ぎると、突然、何の予告もなく、陛下が向うから部屋に入って来られた。私たちの生活ならよくあることだ。そして世間の妻たちなら「あら、案外早くお帰りだったのね」で済ましているケースだ。

その陛下のお姿が今でも忘れられない。皇后さまに、昔からの友人が来ているとおわかりになった陛下は、皇后さまを立たせたくないというお計らいで、お迎えにならなくてもいいようなご配慮をなさったのではないかとさえ思う。

一言で言うと、陛下は柔らかく温かい徳をお持ちの方である。しかも超一流のすばらしい知性から教育を受けられた。私達は普通、このような状況のもとに育った人格をあまり見ることがない。

私は時々、皇后陛下は、陛下に深く惚れていらっしゃる、と思うこともある。当然のことだし、この言葉遣いはあまりにも庶民的だ、と分かっているから、口に出したことはない。しかし日本の象徴である方が、人間的な深い信頼と尊敬と労りでご家族を結ばれていらっしゃるのを遠くから拝察するのは、一日本人としての私の喜びであることは間違いない。

第四章

自分の人生はできるだけ軽く

一つ屋根の下に住む命の数を尊ぶ

夫が死んでから、私は一軒の家の責任者になった。直助もその中の住人だ。私の家は、それなりに賑やかだ。

昼間は秘書も通ってくるし、お客さまも少ないほうではない。

私はある時、自分の住む町の、航空写真の俯瞰図を手に入れた。週刊誌のページを切り取ったものである。

私の家は住宅地として整備された地区にあるのだが、それでも我が家を探すには、目を凝らさねばならない。一軒の家の屋根は実に小さい。他に豪邸もあるが、そういう家でも、多分、屋根はあまりにも小さい。

その下に、数人だか数匹だかの命が住んでいる。ただ、その屋根の家の持ち主には、それらの命を幸せにする責任があるように私は思う。

幸せといったって大したものではない。清潔に暮らし、質素でも身体にいい食事をし、各人の目的に適った生涯を送ってもらえるように計らう。のんきに休む日も必要なら、無理してでも働かねばならない日もあるだろう。それが生活というものだ。そうした伸縮性に富んだ日々を共に暮らしてもらうためにも、一つの屋根の下の主には、統率力が要る。

政治家なら、複数の、というよりさらに多勢の国民の幸福を担う責任があるだろう。複数の人間の幸福を叶えるということは、なかなかむずかしいことだ。人間には魂の部分が大きな比重を占めるから、肉体だけでなく、心を満たすという仕事も加わるからである。

個人の家なら、家族か、それに準拠する人の幸せを叶えることだけを目標に働けばいい。その人に病気があるならまず病気を治すことを、入学試験に受かることが目標ならまず受験に成功することを、何かの競争に勝つ目標があるならそれに勝てるように助力すればいいのである。

そしてその途中で、成功も、目標の達成も、決して一人の力だけではなく、運や周囲の人たちの助力など、すべてが働いてこうなったのだ、という謙虚な判断ができる人格に導くようにすればいい。

しかし普通の個人が、一つの屋根の下で責任を持つ命の数は、そんなに多くない。数人と、ペットがいれば、その数だけの命を温かく燃やせるようにしてやればいいのである。

今日一日、この小さな屋根の下に住む命を楽しくする、ということが、目下の私に命じられたことだという気がする。

自分の人生はできるだけ「軽く」考える

「世は去り、世は来たる。だが、大地は永遠に変わらない」。昔はよく、女というのは自己中心であって、女は世界が自分を中心に回ってると思う、というような言い方をされたけれども、現代はその女性的な発想がだんだん広がっていったような気がする。いま自分の人生だけが関心の的であって、他の人のことはほとんど眼中にない、という人が増えたけれども、私は逆に、自分の人生をできるだけ軽く思えること、そしてそれと比較すれば、人の人生を重く思えること、というのが、好きだし、できればいいと思っている。

＊

年を重ねるにつれて、自立の大切さを感じるようになったと述べたが、一般的にはそれは経済上、肉体上の自立を意味する。しかし同時に、自立を可能にするものは自律の精神であるということもわかるようになった。

老年は、中年、壮年とは違った生き方をしなくてはいけない。このことをはっきりと認識することが、自律のスタートである。

年をとると、自己過保護型になるか、自己過信型になるか、どちらに傾きがちになる。別の言い方をすると、自分は労《ねぎら》ってもらって当然と思うか、自分はまだやれると思いすぎるかだ。後者の例として、「私の体型は三十代と変わらないんですよ」などと自慢している老年がいる。若さを保ちたいという意欲はけっこうだが、体型は三十代と同じであっても、体内のほうは確実に変わっていっている。それを受け入れて、年相応の健康を目指すほうが自然じゃないだろうか。

つまり壮年、中年時代は、目もよく見え、耳もよく聞こえ、免疫力も高かったかもしれないが、そうではなくなった今の自分に合う生き方を創出する。それが晩年の知恵だと思うのである。

＊

大切なことは、自分の生涯をつき放した眼で見て面白がることだ。失敗して迷惑をかけていたら「ゴメンナサイ」と言い、感謝されたら「ホントかな」と半信半疑でいることだ。その程度の不真面目さで生きていたら、私自身も息切れしないでいられるかもしれないし、家族や友人も気軽に私を受け入れてくれるかもしれない。

残り少ない時間を大事なものから順に使う

自分がやりたいと思うことでも、何もかもできるわけではない。時間も限られているから、あれもこれもやらなきゃと思うと、ストレスが溜まるばかりだ。時間を有効に使うためには、生活に優先順位をつける必要があるだろう。

私はそれを二十代の時に、取材でご一緒した新聞記者に教わった。旅客機を乗り継いで世界を早まわりするという企画で同乗したが、その記者は次の空港に着くまで、非常に多くのことをしなくてはいけない。でも、全部は間に合わないことは目に見えている。その時、その方が「一番大事なものから順にできるところまでやっていって、あとは残っても気にしない」と、おっしゃった。これは人生の一つの生き方だなと思った。

以来、私は、常に一番必要なことから順序をつけてやっている。その日にできるところまでやって終わりにする、ことにしてみた。年をとるにつれてそれがだんだんうまくなり、やり残しがあっても気にならない。優先順位を五つくらい決めて、高い順に二つくらいできればいい。三つできたら、すごく幸せで、残りはだいたい無理、という感じで生きている。

過ぎたこの世のことは巻き戻せない

私は何に関してもまず、最初にあきらめるということを、遠い一つの選択に置いてやっている。他のことはうまくないけれど、あきらめだけはいい。意識的に、ずっとあき

らめることに自分を慣らしてきたから。（略）
過ぎ去ったことについても、あきらめきれない人がいる。たとえば、「やっぱり、あの人と結婚しておけばよかった。親に勧められて今の夫と結婚しなければ、もっと幸せになれたのに」などと未練を持つ。
でも、あの時、あの人の立派さがわからなかったから、結婚をしなかったのだろう。親に勧められたといっても、それに従ったというのは結局、自分が今の夫を選択したわけである。
皆それぞれに考えて、選んできた。その時、のっぴきならない事情があったとしても、その道を自分で選んだのだからしょうがない。それに何をどうしようと、この世のことは時間的に巻き戻すことはできない。

老年に残された仕事は自己の内面の完成だけ

年を取ると「死に欲」が出て、却《かえ》って物質に執着するようになる、という現象は、私たちがあちこちで見るところである。しかし老年というものは、ほんとうは物に頼る時期ではない。若い時なら、物質が運命も左右することもある。青年は、就職試験の時に、こざっぱりした背広を着ているかどうかで、相手にいい印象を与えて職を得るかどうかの運命の岐路をいい方にもって行くこともできるであろう。難病にかかった子供に充分の医療を受けさせることも、お金があれば、ということになる。

しかし老年は、もうどっちへ転んでも大したことはない。何しろ持ち時間が長くないのである。仕事の責任も多くはない。残っている仕事は重要なことが一つだけだ。それは、内的な自己の完成だけである。この大きな任務が残っているということについて、全く自覚していない老人が世間に多すぎる。もちろん自覚したからと言って、私たちがそのことをうまくできるというわけではない。私たちは若い時から、常に多くのことを望んでささやかな努力もして来たが、必ずしもそれを手にしたわけではなかった。しかし老年は、若い時には忙しさに取り紛れてできなかった自分の完成のために、まさに神から贈られた時間を手にしているのである。

聖書には人間が物質だけで生きるものではないことが随所に書かれているが、パウロの手紙のこの部分なども、死ぬまでの時間が短くなった人々にとっては、ほんとうに有益なことが示唆《しさ》されている。「感謝すること」と「与えること」と、である。

大勢《たいせい》につくと命取りになることがある

「丁字路で。みんなが右へ行ったら、左へ行っておきなさい」と、私は子供の時、母から教わった。大した才能はないのだから、みんなの行くほうへ行くと競争の中で生きていけない。そんなことをして人の波に巻き込まれたら、踏みつぶされて死ぬ羽目になる、ということなのである。

そう教えられた直後、ある有名な神社で初詣で詰めかけた参拝客が、将棋倒しになって多くの死傷者が出たという事件があった。大勢の行くほうへ行く、つまり流行を追うということは、精神か肉体の命取りになることさえあるということである。

自分を苛《いじ》める人からも学べ

実は人間は、自分を苛める人からも学ばねば意味がない。苛められて死ぬのは、苛める人間と同等の心の弱さを示している。しかし苛めからどうして自分の身を守るか、苛める人間の心の醜悪さはどういうものかを学ぶなら、その人は賢者になるのである。

寝たきりでも与えることができる

沢山受けて、沢山与えるのが幸せだと思っている。聖パウロのお言葉を、私なりに、ちょっと読み違えることにしている。

子供と赤ん坊はずっと受け続けられる。抱いてもらったり、おっぱいをもらったり、ランドセル買ってもらったり、十八歳くらいまでは子供で、もらう。

だけど、ある年齢から急に大人になって、お母さんの荷物持ってあげようかとか、車の免許取って、病院の前で降ろしてあげようかとか、与えることも出来るようになり、その時に、成熟した大人になるのである。

もしかしたら、今の家庭は、この成熟を邪魔しているのかも知れない。お手伝いしなくていいよ、勉強しなさい、ばかりで、子供の成熟する機会を奪っている親を、私は沢山、見てきた。

そこには成熟と誇りがある。また、自信が出来る。だから、誰にでも「与える」機会を与えなければならない。このことは年齢に関係ない。

寝たきりになっても与えることは出来る。先ほどの神父さまのお話、伊王島のおばあちゃんが、額をちょっと突いて、おじいちゃんにお祈りする機会を与えてくれた、ということだ。

おじいちゃんは無能に思えても、そうすることによって、おばあちゃんに喜びを与えてくれている。与えることのできる人は、寝たきりでも、口が利けなくても、死ぬまで現役である。

このことは、子供たちに、また親たちにも気がついてもらわなければいけない。

＊

私は、人生が満たされる条件として、「人にもたくさん与え、自分もたくさん受けた」という実感が必要だと思っている。与える相手は、少なくとも家族以外。家族に与えるのは自分に与えることと同じだから。お世話になっている近所の人とか、子供の学校とか、社会とかにお返しすればいいと思う。

ボランティアはいいことだが、学生が学業をおろそかにしてまでやることではない。

もっとはっきり言えば、誰かに自分の生活を見てもらいながらボランティアをするのは本末転倒である。人を手助けするためには、お金か、時間か、労力か、どれかに余裕がなければできない。余裕ができた時に、わずかずつでもかまわないから、自分にやれることをやればいいのである。

お金も物も多すぎると重荷になる

物も人も活かさなくてはいけない。人の才能は適材適所で使わなければならないように、物も、どこかで充分に活かして使われるように計らわなければならない。それがうまくできることが「いい生活」なのだ。決して豪華な暮らしがいい生活なのではない。

年寄りになるとけちになって、食べ物は決してあげも捨てもせず、いつでも腐敗寸前の物を食べている、という人を知っている。新鮮な物を食べるということが健康の元なのだから、古い物ばかり口にしていたら体にいいはずがない。こんな風に書いておきながら、私自身がいつ、そういう年寄りになるかもしれないが、それは私の病状であって、私の理性は決してそうではなかったのだから、許していただきたい。

痩せすぎた体も体力に欠けるし、贅肉の付きすぎた肉体はそれだけで体に害になる。お金も物もそうだと思う。なさすぎてもほんとうにしたいことができないし、多すぎてもその管理が生活の重荷になってしまう。どの程度のお金を持つのがいいのかは、とてもむずかしい問題だし、人によっても違うのだが、身軽に爽やかに。入ったら意味のあることに使い、足りなければ少し安全を期して溜め込む。自由自在な、風通しのいい経済生活をしてほしい。

人間はすべてを知ると強くなれる

心のバランスが一番むずかしい。

愛してもらうことだけが好きで、人を愛することを知らない人も多分満ち足りることはないと思う。

人間はすべてを知ることがいい。少なくとも、私はそれが好きだった。善も悪も、しっかり。失意も得意も両方知らなければ、人間は完成しない。

大きな声では言えないが、個人の受け身の体験からだけ言えば、戦争も平和も、知らされて少しも損ではなかった。病気も健康もだ。病気がいいものではないことは、戦争がいいものではないのと同じくらい明瞭なことだけれど、個人としてはいささかの病いも知った方が、強い人になれる。

自分の望まないことを人にしてはいけない

私が今までに覚えた一つの極めて人為的な判断に「冷酷であれ」というのがある。もっとも、これは少し注釈を加えなければならない。

私は生まれてこの方、自分が利己的で冷たいいやな人間であると思い続けてきた。だから私は、温かい心、温かい行為がほんとうに好きだった。

忙しい生活をするようになってからは、私はどうして自分が、もっときめ細かく相手のことを考え、その人のために充分な時間を割けないのだろうか、と煩悶《はんもん》し続けてきたが、解決の名案は全くなかった。私の持ち時間内では、私はいつも最低の礼儀さえ欠き続けてきたのである。

しかし、その時、一方の私の耳に不思議な「雑音」も入ってきたのである。夫はそういう私を見て、「冷酷ということは大事なことだ」と言い出したのであった。

彼の考えによると、世の中でほんとうに困るのは、決して冷酷な人ではない。冷酷な人は、そうと分かれば、誰も期待しなくなるから、その人の存在によってちょっと不愉快になる人はあっても、積極的に困らされる人というのはなくなる筈《はず》だ。

しかし、自分でも自分は親切だと思っているほど、始末に悪いものはない。親切な人は相手の望まないことまでしようとする。他人の生き方まで道徳的に規制する。相手が悪意でしたことなら、私たちはきっぱりと拒否することもできる。しかし、親切でされると始末に悪い。聖書には、自分の望まないことを人にするな、と書いてある。しかしほんとうはイエズスさまは、自分の望むことも人にしてはならない、とおっしゃったはずだ、などと、聖書そのものまで改竄《かいざん》しかねまじいことを言う。

彼の表現は多分に偽悪的なところがあるから、この際普通の言葉に直しておけば、それはつまり人間関係において、自制し、立ち止まれ、ということらしい。自分が何かに深い思いをかけそうになった時でも、むしろ心を逸らすだけのブレーキをかけられる余裕が必要だ。

自分からみたら違っていると思えることでも、相手の思う通りにやらせてみる、という大らかさもなければいけない。なぜなら、人間の判断は誰の場合でも完全ではないから、自分の好みを最終的に押しつけることはどうみても賢明なやり方とは言えないからだ。

私は夫のこの考えを聞いた時、一番先に適用しなければならないのは息子に対してだな、とその昔思ったのである。息子がどういう進路を選ぼうが、一応の意見を言うことはいいとしても、もうそれ以上は親もどうにもできない。息子が人生で「転ぶ」のを見ていることは辛いが、いい年をした子供の手をいつまでも引いてやるような姿勢も不気味だから、成り行きに任せるほかはない。

人は大地に繋がると気分が健康になる

私は今、年を取ったこともあり、老い先短いという甘えもあって、一つだけささやかな贅沢をしている。それは少し高いけれど、おいしいお米を買っていることである。北陸の方で、いつの間にか味に慣れたお米がある。そこの店に電話をすると、「いつもの人か」という感じで送ってくれる。私は一食に子供茶碗半ばいくらいしか食べない。しかしだからこそご飯がおいしいと食事の楽しみが違うし、わが家でご飯を食べてくれる友人が、おかずは褒めなくても、ここのうちのお米はおいしいと言ってくれると、それで責任は果たしたような気になる。

わが家では、その地方の店から注文したお米が届くと、すぐ、冷凍か冷蔵にする。「お米を冷蔵するんですか」と驚く人がいるが、それだけのささやかな配慮をするだけでも、おいしさが違う。もっとも冷蔵庫に空間がある時だけの話だ。

戦争中のことを思うと、たらふくご飯が食べられるだけでも贅沢なのに、お米がおいしければおかずは少々粗末でもいい。

私の家では、庭先の畳2枚分ほどの畑用の土に、コマツナを蒔《ま》いてある。食べる人数が減ってきたので、コマツナは常に大きくなりすぎて、少し固くなってきたけれど、それでも鶏肉が少しあれば、いつでもコマツナでおいしいおつゆができる。人間の満足感などというものは、ほんの少しの手数だか配慮だかで満ち足りるものだ。

都営マンションでも、民間の分譲マンションでも、テラスに畳半枚分の土があれば違うのに、と思う。畑用の地面の格好なんかどうでもいい。戦後ソ連だか東南アジアだかの収容所に残留していた時、ほんの少しの地面で蔬菜《そさい》作りをした人たちもいたという。耕作は何よりも気分が健康になり、未来に希望も生まれる。人は大地に繋がると「まっとう」になるのだ。

＊

地方の青空花市はしかし東京の花屋にはない楽しさがある。

私はそこで今飼っている猫の「直助」も買った。そういえば、スーパーの中には小さなペット売り場もあるのだ。私はほんとうはその時、雑種の猫がほしかったのに、東京では家の近くにノラ猫や、子猫をあげるという人もいなかったので、通りがかりのこのスーパーで子猫を買う羽目になった。しかしそのおかげで、私は賢くて、人間の言葉のわかる「直助」と暮らすようになった。

楽しみというと、映画館やデパートと思っている人もいるだろうが、スーパーの駐車場市場というものもあるのに最近の人はその味を忘れている。そもそもは、スーパーの中に常設的な売り場の権利を持たない近隣の農家が、それこそあらゆるものを駐車場で売る習慣は、今も残っているに違いない。それが東京では見られないのは、何か権利があるからかもしれないし、東京の人は、地方のようにのんびりとした暮らしをしていないからだろう。土曜日の午前中に一家で買い物に行けば、人間は寛大になって、あらゆるものに目を留める。もちろん子猫にも、古いテーブルにも、誰が描いたかわからない絵にも……。

日本のこういう市場は「高級」で、直助などは血統書つきの猫だった。私は本当は血統書などいらないのだが、後で送られてきたのだ。直助がどんな出自でも、彼が反応のいい猫ということだけで、私は満足しているのだが……。

無関心がいちばん恐ろしい

これは結婚生活ばかりでなくても、基本である。無関心というのが一番おそろしいことなのである。無関心だからなんでもできる。相手がどういう人なのか、どういう人生を生きて、どういうつらい思いをしたり、あるいは、恋をして幸せだったたか。そういう関心がないから、連続殺人をして、虫けらのように殺しても平気なわけだ。

知るということが愛のはじめだとよく言われるが、本当だと思う。関心をもつということ。関心がないと知ることがない。知ることがなければ愛に到達しない。だから、無関心というのが一番おそろしいことなのだけど、いま実に世の中にあふれているのがまさに無関心である、他人はどうでもいいということになっている。

生き続けているのは運命がそう命じているから

八十代の半ばを過ぎると、生き方の軸のとり方がわからなくなってくる。同級生はまだほとんどが元気で、自分のことくらい自分でやれるし、部屋の模様替えをするのさえ趣味で、前回訪れた時と箪笥の位置まで変わっている友人もいる。部屋の使い勝手が悪いと感じたので、ある日一人で動かしたのだそうだ。

私の場合はどうかというと、今置いてある家具の配置が少し不便でも、それで死ぬまでガマンすればいいや、という心境になっている。これはこれで怠け者として、ささやかな人生の生き方が決まったようなものだ。

正直なところ、長生きした方がいいのか、適当な時に人生を切り上げた方がいいのか、わからない。後者の方が明らかにいいとは思っているのだが、生命だけは自分でその長短を操作してはならない。後に残される家族が、平穏な気分で、その死を見送れないからである。

高齢者が、長生きすることは、確かに問題だ。悪いとは言わないが問題も出てくる。他人の重荷にもなるが、当人が苦しむ部分も出てくる。

家事ができなくなると女性は生きる甲斐《かい》のない人生だと思う。男性も職場を失うと自分の存在価値に疑いを持つ人もいる。

本当は生きているだけで、人間存在の意味はあるのだが、ただ食べて排泄《はいせつ》して眠っているだけでは人間ではない、という主観にとらわれている人もいる。

しかしこんなことは考えなくていいのだ。生き続けているということは、その人に運命が「生きなさい」と命じていることだから。だから表面だけでも明るく日々を送って、感謝で人を喜ばせ、草一本でも抜くことや、お茶碗一個を洗うことで皆の役に立つ生活を考えればいい。

人間は自分に合った大きさの升を持っている

日本には升《ます》というものがある。人間は、自分の大きさの升をそれぞれに持っている、と思うのだ。

自分の升に半分しか入ってなければ、人間、不満になる。もっと一杯欲しいと思ってしまう。七、八分目、あるいは九分目に入っているとき、ああよかった、沢山頂いたと思えるようになれば、その人は幸せになれる。

他人と同じ分量の升を持とうとすると、多分、人は不幸になる。少食の人のお茶碗は大食の人と同じ大きさのお茶碗は要らないはず。

また同じ升でも、大きさの他に、中に入れる中身に対しては自分の好み、あるいは違いがある。私もけっこう、好みがある。人間はそれを、自分の運命という升に登録しているのだ。

自分は特別に人より大きなものが欲しい、二つも三つも升が欲しい、専用の升がなければ、あるいは自分の升には金《きん》だけ入れなければ不満だと言う人は、大きな勘違いをしているると思うのである。

これでは一生満たされないから、いつも不幸という実感に苦しめられてしまう。

＊

「分相応」を知るということは、生きて来た者の知恵の一つである。逆の言い方をすると、すべてしたいことをして生きて来た人など、一人もいないのだということを体験的に知るのである。若い時には、社会の上層部にいる人は、どんな栄耀栄華を欲しいままにしているのかと思う。偉い人たちはしたいことだけして、いやなことはしなくていいのだろう、とさえ誤解する。

しかし晩年が近づくにつれて、私たちは誰でも利口になる。私は議員にも大臣にもなったことはないが、今では偉い人ほど好きなことができないことを知っている。衆人環境の中で、あの議場に詰め込まれてずっと坐っていたり、大臣になってどこへ行くにも制約を受けることが、どれほどうっとうしいか、今ではよくわかるようになった。

私たちは自分のお金で好きな時に好きな所に行ける。嫌な人に会わねばならない時もあるが、たいていの時は会いたい人にだけ会っていられる。多くの場合心にもないことを口にしないで済む。非人間的なほどの忙しさに苦しまない。それもこれもすべて自分の小さな力の範囲で「分相応」に暮らす意味を知ったからである。
その釣り合いがとれた生活ができれば、晩年は必ず精巧に輝くのである。

第五章

絶望と希望の荒野

不幸こそ自分を育てる「価値」を内蔵している

日本人が満ち足りていながら、豊かさを感じられないのは、たぶん絶望や不幸の認識と勉強が決定的に足りないからで、世の中も、不幸というものの価値を徹底して認めないからである。不幸はつまり、不平等と社会悪の現われだとしか思わない。そんなもったいない話はないと思うけど。

＊

人が羨むような方のところには、必ず大きなつらいことがあるような気がする。庶民的な暮らしの中ならどうにかごまかしていけるものが、荷物が大きいからごまかせない。私ならほったらかして逃げてしまえることでも、そうはできない。そんなお立場の方もずいぶん見てきた。

私のささやかな体験によると、どんな人にも必ずそれなりの幸福があったし、それなりの不幸があった。みんな、それぞれの不幸を抱えて、その人なりに健気に対処している。

私流に言えば、不幸は人間としての属性だと思う。みんな心臓や肺があるように、不幸も内蔵されている。

それがもたらす人生の不調とか苦しみとかいうのも、もしかすると同じようなものかもしれない。

＊

不幸のない人生はないのだから、不運を生かせる才能は非常に大切である。

足を折るのも人生、健康も、病気も、死に至ることもひっくるめて人生だ。失恋や受験の失敗、会社の倒産、家族の病気や死別など、どんな願わしくない結果にも、深い意味を見つけ出さなくてはいけない。災難をただ災難としてしか受け止めなかったら、それは悲運に負けたことになる。何がどうあっても、私たちの望まぬ試練が、私たちを強めるということは真実である。

この世のからくりの面白さを知る

不思議なことに、長い人生なら、運の良し悪しはたいてい均《なら》されるものだし、それぞれに思い通りに行かない人生と闘ってきたあとだから、そこに多少の差が出ても納得できるようになる。努力した人が必ずしも富や権力や幸福を得るわけでもなく、怠けた人や頭の悪い人がどん底に落ちることもない、というこの世のからくりの面白さがわかってくる。

不幸にならなければ見えてこないもの

私たちは人生の不幸な状態にある人を、放置していいということではない。しかし皮肉なことに、私たちは不幸にならなければ、人間が本来希求すべきものも望まない、という特性を持っているのである。これはひとえに、人間のイマジネーションの不足からくるものであろう。

私にも同じような体験がある。ほかのところに書いているのだが、私は、自分の眼が次第に視力がなくなりかけた時、ある神父から「曽野さんは視力を失った時、ほんとうに神を見るだろうな」と言われたのである。その言葉に対して、その神父は「後で考えてみると、ひどいことをいったものですね」とお手紙をくださったけれど、私はそれ以外の真実な言葉などないと思い、私が視力を失った時の大きな贈り物が既に用意されている、とも感じた。しかし私も私で、その時、神父に向かって言ったのである。「神父さま。神なんか見なくてけっこうですから、眼をください」

私はまさに平均的におめでたい、利己的な感覚を持つ一人なのであろう、と思う。神よりも、目先の安全、快感、仕事、物質、などが大切なのである。健康で平和に暮らしながら、真実の眼を開け続けることはできないものか。それができない自分は……それならそれで致し方ないけれど……かなりの愚か者と自覚しなければならないだろう。

＊

配給のお米みたいに幸福と不幸の量が同じかどうかは別として、外見はしあわせそうに見える人に、案外な不幸がかくされている場合は多い。そういう人の苦しみは内部に沈潜して、表向きにはっきりあらわれたものより、痛みはずっと激しい場合が多そうだ。

経済的にも何不自由なく、愛し合っている夫婦がいたが、或る日突然、夫は破産し、それを苦にして自殺した、というような例が、小説でなくてもあるのである。

戦争中、空襲があって防空壕の中にじっと身をひそめていると爆弾がこわくてこわくてたまらなかった。外へでて消火作業をしていると、不思議におそろしくない。

多分、不幸はむかえうたなければいけないものなのだろうと思う。酒をのんだり、忘れようとしたり、手をかえ品をかえてそれを避けようとすると、却って身がすくむ。何よりも、自分の不幸を特別なものだと思わないようにすることが肝心なのではないかと、私はいつも自分に言いきかせることにしている。

人の好意を期待するのは、そもそも間違っている

ある新聞に、妊婦さんからの投書が載っていた。妊娠して七カ月くらいからお腹がどんどん大きくなって、つらくてしょうがない。それなのに、電車に乗ったら優先席がいっぱいで、誰一人として席を譲ってくれなかった、というのである。

それを読んで、私はちょっと不愉快になった。

妊婦は昔から、つわりがつらくて、お腹が大きくて、何をするにも大変だったものだ。でも、妊婦はそれが当たり前なんだと耐えて、母になる準備をしてきた。

昔は、優先席などなかった。最初からそんなものはない、と思ったほうがいい。誤解をおそれずに言えば、「弱者の席」などつくったから、こういう不幸ができたのかもしれない。

人の好意を期待する、というのは、不幸のもとである。期待すると裏切られることがある。期待すればするほど、不幸が増えるわけだ。

私は卑怯だから、期待しない。私の心根がいいというわけではなくて、裏切られて不幸になるのが嫌だから、人の好意を当てにしないことにしている。そうしたらとても楽になった。でも私は始終、人の優しさを受けている。期待しなくてもいただく時はいただくものなのだ。

希望は人間の生理的な働きそのもの

希望という言葉を人はどうしても過大評価しすぎているように思うこともある。

希望は、人間が食べたり、眠ったり、歩いたりする本能と同じように、人間の生命の営みの中に組み込まれている要素だと思うことが多い。

病気でだめだと言われても、もしかすると自分だけには奇跡的な回復があるかもしれないと思う。

片道分の燃料しかないままに出撃した戦争中の神風特攻隊の人たちですら、もしかするとアメリカの艦船に拾われて生きて帰るかもしれない、と考えたという話に私は深く打たれたことがある。

希望は人間の生理的な働きそのものなのかもしれない。

しかしその機能がうまく作用しないことはしばしばある。絶望的になり、自分の将来は閉ざされていると思うようになる。

希望は自分で作り出すものだ。他人が作って与えることはできない。他人は、希望を叶えようとする人の手助けをする。

希望を失うのは、人間の運命はすべて自分の力の結果だと信じている人の特徴かもしれない。

実は私たちが自分の運命について関与しているのは、ほんのわずかな部分だけである。私たちは自分の力で日本人に生まれたのではない。運動の才能、歌のうまさ、健康、すべて親や運命からただでもらったものばかりである。

これは神からの贈り物なのだ。ただし神は、不運や苦しみを与えることもある。一見残酷に見える苦しみによって、その人が以前には考えられなかったような見事な人に生まれ変わることを予測しているからである。

だから人はいつでも変わることができる。絶望から希望を見つけ出すことも不可能ではない。神に助けてくださいと救いを求め続けて、絶望が希望に変わった例は決して少なくはないのである。

絶望して自分を追い詰めた経験が人格を完成させる

考えてみれば希望だけに意味があるのでもない。希望だけしか持ち得ない人には影響がない。陰影のない人は人間ではなく、幽霊に近い。その反面、絶望が無駄ということもない。絶望から人々は発見し、出発することも、幸福を手にすることもある。

決して戦争や殺人を勧めるのではないが、人はもしかすると、人を殺すか殺さないかまで、自分を追い詰めた段階を心理的に経験して初めて、人格が完成されるのではないか、と思ったこともある。少なくとも時々は、自分の胸に手を置いて、私は果たして生涯人を殺さずに済むのか。もしそうとすれば、それはただ僥倖《ぎょうこう》が私を人殺しにせずにいてくれたのではないか、と思うべきだろう。

ないものを数えずに、あるものを数える

その青年も、ケガをした直後は当然いろいろ悩んでいた。その時一人のカトリックの神父が、彼にこう言ったそうだ。

「ないものを数えずに、あるものを数えなさい」

それは慰めでも何でもないと思うのだ。誰にも、必ず「ある」ものがある。でも、人間というのは皮肉なことに、自分の手にしていないものの価値だけを理解しがちなのかもしれない。自分が持っていないものばかりを数えあげるから、持っているものに気づかないのだろう。

金の使い方にその人の精神が見える

人間というものは金持ちになってもつまらないことしか考えないものだ、というケースが多すぎる。

温家宝という中国の首相は、二千二百億円蓄財をしたという評判である。それに対して人民が黙っている国家というのもひどいものだ。日本は、たった数億の収賄容疑で、かつて総理大臣を収監できたすばらしい国家なのである。

いつも言うことだが、人間はご飯を日に五回は食べられない。一度に二枚の服は着られない。一日のうちに、二十五時間眠ることも不可能だ。人間がほどほどに満足する金銭や物質というものは、大した額である必要はないのである。

同じ特集には、六本木のナイト・カフェなる店で一本三十万円もするシャンパンを何本も抜く社長がいることが書かれている。

人間はどうしてこんなつまらない金の使い方しかできないのだろう。世界中に買った別荘、豪華ヨット、高価な自動車、宝石のコレクション、自ら金があるから上流と信じている階級の集まるパーティー、ブランドものを身につける女性たち。そういった贅沢は、大体成り上がり者の特徴で、そのような生活ぶりを聞いただけで、その人の教養のなさがわかるとされているものばかりだ。

別荘もヨットも自動車も、経営に手間と金がかかり、宝石は当節危険でつけて歩けない。ブランドものの服を着るより、スタイルがいい方がどれだけ美しいかわからないのが現実だし、どんな美容の手を入れても、人間の加齢による変化を止めることはできない。

年間百億円くらいは使えと言われると、私は困ってしまう。人間が必要とするものは、多分実に僅かな金額なのだ。そして多くの時間は、精神的な分野に使うことで満たされるものだから、そんなに金は要らないのである。

長生きができるようになったのだから、せめて七、八十歳になるまでに、こうした人生の実情を明確に見据えている人になっていたい。その上で、自分はどんな個性的な贅沢をしたいのか、改めて決めるべきだろう。年を取っても金の使い方にその人独特の選択が見えない人は侘しい限りである。

幸福の姿はさまざまだが不幸の形は似ている

人間が、立場を越えて、他人とある共感がもてる、ということも、幸福ではなく、不幸の形を理解する場合らしい。

人間の幸福の姿は種々雑多だが、不幸の形は意外とよく似ている。

私はアフリカで、今晩食べるものがないままに寝る不幸の形を見たし、また「体験」にすぎないが、そのような旅をしたこともあった。人生の若い時代に、一度、食事を抜いて空腹のまま一晩過ごす体験をしてみるといい。空腹では人は眠ることもむずかしい。

アウシュビッツの囚人たちが、もともと足りたことのない食事用のパンのかけらをほんの少し残しておいて、わずかでも空腹をやわらげるために眠る直前に食べた、という逸話は今でも胸をうつ。子供には、一度食事なしで寝る体験をさせた方がいい。それで子供たちの心も大人になる。

ありがたいことに、人生には病苦や貧困があるから、私たちも他人と部分的にだが苦痛を共有することができる。そうでなければ、貧困でもなく病弱でもない人は、苦しみを知らないまま、ついに「心からの同情をもつ」という人間の高貴さを認識せずに人生を終えることになる。

困難がすべて取り除かれたら、どうなるか

数年前、マダガスカルで、一人の母親が十七人の子供を生んだという話を聞いた。母親も子供たちも、全員健在なのだという。同行のドクターや看護師さんたちは、その女性に会いに行ったが、私は専門家に席をゆずる気分で行かなかった。しかし十七人生んで全員が生き残っているという例は、昔はそんなに多くはなかったと思う。

社会が貧しければ、生き残ることに大きな意味と輝くような幸福があった。生き残っただけで、それは選ばれた人だった。しかし途上国でも、医療制度が進み、予防接種が普及して来ると、子供の死は少なくなる。もちろん願わしいことだ。しかしその分だけ、生き残ることのすばらしさやありがたさの実感も減ったのだろう。

ダッカのレストラン襲撃事件もそのことを思わせる。バングラデッシュの青年たちも、社会がまだ今よりはるかに貧しかった時代には、生き残ることだけを考えただろう。し

かし食べるに事欠かない中流以上の家庭が多く出て来ると、親も子も、子供が全員生き残ることさえ大変だった事実を忘れたのである。だから平気で人を殺せるし、自分も撃たれてその場で死ぬような行為ができるようになったとしか思えない。

人は何のために学びに行くか、個々人の理由は私にはわからないが、同じ七月一日に、日本では私は一人のまじめな青年が警察官になる過程を知った。日付の上では時差もあるようだが、ほぼ同じ日に、バングラデッシュでは、未来が開けているはずの有為な青年たちが、自国のために働いていてくれた日本人を殺し、自分たちもその場で野犬のように撃ち殺された。

教育は、予算を取り、誰もが学べる環境を整えることだけでは済まない。場合によっては、いささかの貧困も、病気も、不平等も、むしろ学ぶ意味を見つけさせてくれることがある。だからと言って、私は決して社会が貧しい方がいいとか、病気があった方がいいとか言うのではない。しかし困難がすべて取り除かれたら、人は人としての生き方の本質をいささか見失うのも致し方なくなるようにも思うのである。

「他人はこちらのことなど所詮わかりはしない」と高《たか》をくくる

ほんとうのことを言うと、人間は他者の真実など、理解できないものなのだ、とも教えるべきだろう。だから大学の受験制度をいかに改革しても、それで個人の才能を過不足なく評価することなど、決してできないのだということも、同時に公表した方がほんとうはフェアーなのである。今のままだと、生徒や学生の方は、自分を理解しない学校や先生は、向こうが悪いのだ、と思うようになり、それが精神の荒廃に繋がる。

他者は自分のことなど所詮わかりはしないのだ、という深い諦めは偉大な真実だ。むしろ他人に自分をそうそうわかられてたまるか、という自負を持つことの方が、ずっと大切だ。この絶望から、人間は鍛えられるのであって、生涯自分は孤独な闘いをするほかはないのだ、という覚悟もそこで出来る。

しかし現実はそれほど悲観的ではないものだから私たちは救われているのだし、楽しい青春も過ごせる。私の体験によると、どこかに必ず目をかけてくれる人がいるし、百人が見捨てても、一人や二人、その人の特殊な才能を見出してひいきにしてくれる人もいるものなのだ。

今の日本に幸せを感じられない人

幸せというものに関して考え違いをしている人がいる。幸せは外部から客観的に整えられる条件で、お金があれば幸福、なかったら不幸、という図式的な考え方である。しかし幸せを感じる能力は実は個人の才能による。しかもその才能は、天才的な素質でも学歴でもなく、誰にでも備わっている平凡な、しかも自分で開発可能な資質なのである。ものにもお金にも基本的には不自由せず、しかも健康にも恵まれているのに、不平不満ばかり言っている人に私はどれだけ今まで会ったことだろう。ものもお金もあればあるのが当然になるから、人はもっと欲しがるか、そういう人が持ちえない自由や冒険を欲しがって強烈な欲求不満に陥る。

今の日本に暮らしながら幸せを感じられない人というのは、どこか幸せを感じる機能が壊れていると思う。まず第一に、日本は平和である。毎日のようにどこかで破壊的な爆発が起きていることもない。愛する人が戦場で死ぬ可能性もない。普通に暮らしていても、明日も多分生きていられる、という予測が可能だということは、やはり大きな幸運と言わねばならない。

家族を不幸にして人生の成功などあり得ない

夫の死後、夫の浮気を知らされた一人の女性が、「何だか、この世がつまらなくなっちゃった」と言ったこともある。その時、彼女は決して「腹が立つ」とは言わなかった。ただこの世が色褪せて見えたと感じたのだろう。夫婦の間で、真実の、誠実の、愛の、協力の、と言ってきたことがすべて嘘だと思えたのである。その結果、彼女はこの世で、何を拠り所にすべきかわからなくなったのである。こういう価値の混乱を引き起こす原因になることは、意外と大きな罪悪なのかな、と私はその時思ったのである。

もちろん、私の中にも、現世の認識はすべて錯覚のうえだ、という自覚がある。真実を知りたいとも思うけれど、真実なんか知りたくもない、それより楽な方がいい、という本音も用意されている。

しかし家族にも友達にも裏切られないで過ごせた、ということは、すばらしいことだ。それだけで、人生は半分以上成功している。言葉を替えて言えば、家族を裏切らなければ、それだけでその人は、数人の家族の心を不信から救ったのである。どんなに立身出世しても、家族を不信に叩き込んでおいて、人生が成功することなどあり得ない。

若い時には、人間は一生の間にどんな大きな仕事でもできるように考えていた。しかし今では、人間が一生にできることは、ほんとうに小さなことだということがわかってしまった。しかし小さいけれど大きなことの中に、この信頼というものが確実に存在している。

不幸や負い目は私有財産

私は昔から、不幸はその人の財産だ、と思ってきた。不幸は社会のひずみで、つまり自分がこんなになったのは社会が悪いからだ、として社会運動に奮起する人は、私有財産を社会にただで返してしまっているようなものだ、と私は思っている。

すべての個人の女々《めめ》しい私怨は、長く長く一人で胸の中で育て、私有財産として生涯使えば、いろいろ仕事ができるのに、と思う。少なくとも作家たちの中には（私もその一人だが）そういう形で、自分の不幸や負い目を大切にして来た人も多いのだ。

平凡な生活がこれほどありがたいと思うとき

平凡な生活はありがたい。どんなに感謝してもし尽せるということはない。

私はついこのあいだ、福井の大地震の話をきいた。

一人の母親がハリの下にはさまれた子供をたすけ出すために狂気のようになっていた。それを助けてくれる人もいない。めいめい自分のことでせい一ぱいなのだ。母親はようやくノコギリを見つけ出して、ハリを切り始めた。しかしその時はもう火の手が迫っていた。母親は最後の焔が髪をやく瞬間までそこにいて、そして子供に向かって合掌してから逃げた。

その瞬間子供は泣きもせず、何とも言えぬ怨めしげな目つきで母親の方をじっと見つめていたという。芥川の作品にも似たようなのがある。

私の生活に現実におこっていることは目下のところ昨日と同じようだ。一応平和である。しかしこの話をきいてから、私はあまり平静でなくなった。一日に何度かその瞬間を思うだけで、どうきがおさまらない。こんなに安穏に自分を信じて暮していいものなのか。いつか私の全人生が、一瞬のうちに答えを出さなければいけないような場合に直面した時、果して私はそれに耐えられるのだろうか。

私は目下のところ、その話を忘れたい。それが一番正直な気持なのである。

人間としての誠実さに踏み留まるとき

先日、ある青年が、遊びに来たついでに身の上相談をして行った。

彼は、東京へひとりで下宿して、ある電気のメーカーへつとめているのだが、入社早々同じ社の女性を愛するようになった。ところが、彼女はその後間もなく、結核になり、二年間ぐらいといわれて、療養生活に入った。彼はもちろん二年後の彼女の回復を待って結婚するつもりであった。

ところが最近、彼は、あるパーティで、別の娘さんと知り合ったのである。健康で、うつくしい女性である。

彼も彼女を好ましく思ったが、彼女の方がもっと積極的だった。しかし彼は、サナトリウムにいる女性のことが忘れられないのである。彼の愛情だけを生き甲斐に早く健康になろうとしているひとをこの際捨てる気にはならなかった。

「ずいぶん悩みました」

とこの青年は言った。

「しかし結婚するつもりもないのに、いつ迄もそのひとを僕のそばにひきつけておくのはまちがいだと思ったんです。僕は二年間、その人と何となくにぎやかにくらして、二年たったら、フィアンセと結婚しますからサヨナラと言えたら都合がいいに決ってるんですね」

彼が自分には婚約者があるといっても、相手はあきらめなかった。病気の人には気の毒でも、そちらをすてて、自分と結婚してくれというのである。

「それで僕は言ったんです。僕は、自分の好きな型の美人でなければいやだって……。そしてあなたは、僕の好きなタイプの人じゃありませんって言ったんですよ。ざんこくだと思うでしょう。でも、本当のことをいうと、彼女は僕のフィアンセよりきれいなんです。しかし時には決定的に打撃を与えて、どんなにひどいと思われても相手にアイソづかしをさせて彼女に自分の道を歩かせなきゃならない。今のところ、それが僕のせい一ぱいのその女性に対する愛情です」と彼はおだやかに言った。

人生の意義は与えられた生の全うにある

キリストの一生ばかりでなく、私たちの一生も悲しみや、苦痛から無縁ではあり得ない。しかし、肉体と霊魂が一致して生きる、たかが数十年の人生は、地上に出た蝉の短い生涯のように、この上なく貴重で、おもしろいものだと思わなければならないだろう。苦しみさえも、甘受するのが当然だと言えるほど、人生は短くて一回きりのものなのである。

それを思うと、やはり自分に与えられた生活を生き抜かなければいけないと思う。

＊

私は、人生の成功・不成功について時々考える。総理大臣になるのがいいのか、日本一の富豪になるのがいいのか、私には他人の好みは測りかねるが、最大の成功は、自分と他人を殺さないことだろう。なぜなら、人生の意義の第一は、与えられた生を文字通り全うすることで、その長さや質を自分で決めてはいけないものなのである。それは思い上がりというものだ。

自分は何の役にもたたない老人だと思いこんでいても、最後のひそかな数日に他者を助けて死んだ人もいる。つまり人間には、何も見えていないのだ。

それでいい。それだからこそ、人は働けるのだし、何歳になっても希望と未来を持ち続けていられるのである。

＊

どの世界の片隅にも、自分なら生きられる、もしかすると自分を必要としていると思われる場所があるはずだ。そこに居場所を見つけさえすれば、出世するかしないかで悩むこともなく、中年になってかつての同級生と今の自分を比べて引け目に思うこともないだろう。

すべての人にとって、社会が望んだ仕事はあるはずだ。英語では、「職業」という単語は普通「プロフェッション」というのだが、ほんとうは「ヴォケイション」という言葉を使うべきなのである。これは単に「仕事」という意味よりも「転職、召命、使命感」というような意味がある。つまり自分しかできない仕事が、人生にはある、ということなのだ。

自分が自分であるために

世の中には、どうしたらいいかわからないこともある。しかし古来わかっていることも多い。わかっていることをしないのは、かなりの「暴挙」である。つまり人の善意とか社会のしきたりには従わないという態度を明示したら、その人の行為は、かなりの逆風に吹きさらされることになる。だから世間の多くの人は、良識に従い、自分の好む生活をしない。その方が無難だからである。

私も、時々人と違うと思うことをしている。私はそういう時、できるだけこっそりと、社会の風に従わない。それで辛うじて自分を失わない、と思えることもあるし、本当はそんなことを口実に会合や葬儀に出席せず、体を休めている場合も多い。

自分に高熱があっても、社会的に重要だと思われている人の告別式には出かける知人もいる。それが原因で病気が重くなって死んでも、誰も責任をとってくれないのに、である。もちろん他人の心は本当にわからないから、たかが告別式の出席か欠席かで、何一つ推し量ることはできない。

しかし最近、会社が長時間労働をさせるとか、上役がセクハラをするとかで、自殺したり病気になったりするような人がいると、そんなに嫌ならなぜもっと早く会社をやめなかったのだろう、と私は思う。せっかく見つけた職場を簡単に見捨てていいわけでもないが、死ぬほど辛い状況だったのなら、やめた方がよかったのである。もちろん私たち年長者は、若い世代に「世の中は全て辛抱よ。辛抱しなくていい仕事なんかないの」と説教する場合も多いのだが、それでもその環境で働くのが死より辛いかどうかは、当人の判断以外にない。

第六章

「運」の半分は神の意志

どんなに努力しても、得られないことはたくさんある

人生で起きることは、その人の努力によると思いますか、それともほとんどが運命によるんでしょうか、という質問を何度か若い人から受けた。

その度に私は、希望と運が半々でしょうねえ、という卑怯とも見える答え方をする他はなかった。

相手が「努力」は必要か、と聞いて来たことに対して、「努力」を「希望」に置き換えて答えたのは、私の育った時代には、希望するということは目的に向かって遮二無二、心も体も使うことで、つまり努力に似たことだったからそう言ったのである。しかし最近の人は希望するだけで必ずしも努力をすることは義務付けられていないという考えらしいから、私の意図が正確に伝わったかどうかはわからない。

どんなに努力しても、できないことはたくさんあることを私は幼い時から知っていた。父の特殊な性格一つ、努力などで変わるものではなかった。戦争も「平和を願えばそうなる」などと言うだけで避けられるものではなかった。ことに激しい空襲の夜、私の上には直撃弾が落ちず、私の家から直線にしてほんの五百メートルほどのところにあった子沢山のベーカリーの一家が爆弾で全滅したのは、どちらかがたくさん希望したり努力した結果ではなかった。それは何か他の力の領域であった。

私は自分の未来に、小説を書くことにしかほとんど希望が見いだせなかった時、神に自分の願いを伝えた覚えはある。しかしどうぞ作家にならせてください、と直接に祈ったことはないような気がする。人の病気を治してくださいとか、山で行方不明になった家族が生きて帰って来ますように、ということなら祈ってもいいと私は思っている。しかしうまく説明できないのだが、作家として生きたいなどと願うことは許されないような感じがしてならなかったのである。ただ私は自分の希望を確かに神に「登録」した覚えはある。それを神はどこかで覚えていてくださった、としか言いようがなかった。書いて暮らすことを許されるにしても、そこには運という名のこの神秘的な部分の手助けが必要だった。

運命は変えられてもほんの少しと思ったほうがいい

私は、かねがね、人生は努力半分、運半分と思っている。体験から言えば、努力が七十五パーセントで、運が二十五パーセントくらいの感じだが、人生は、運と自分のささやかな生き方の方向付けというものの相乗作用のような気がするのだ。

よく、運命は変えられると言う人がいる。それでもいいのだが、私は変えられてもほんの少しだと思っている。百八十度の転換ができるものではないけれど、進む方向を十度か二十度曲げることはできるかもしれない。正面に大きな岩があったら、十度か二十度曲げれば、岩にぶち当たらなくて済む、という可能性はあると思う。

しかし、運命を完全に変えることなど不可能だし、運命に逆らうことはできないと思っている。

人それぞれに運命がある。ということは、一人一人が個性的であるということでもある。だから、人とは違う運命を甘受していく。つまり、自分の運命をフルに使う。それしかないと思うのである。

そして、自分のしたいことをやり続けて、うまくいったら大幸運だと思って、深く運命に感謝する。うまくいかなければ、人間には不運ってものがあるのだからしょうがない、でも運というものがあるからこそ、いい時もあるかもしれない、そう考えることにしたい。

「希望を失う」というのは、人生は自分の努力次第で何とでもできると信じている人の特徴かもしれない。自分の力が半分かせいぜい四分の三だと信じている人は、希望を失う理由がないと思う。

運は「神の意志」

人間の生き方には、俗に運と言うものが必ずつきまとっている。

この運というものが、実は神の意志だと思うことが私には多くなって来たのである。

失敗した、運が悪かった、とその時は思っても、失敗には意味も教訓も深くこめられていたことが後になってわかることが多い。

その過程を意識して、人生の流れの半分に作用する自助努力はフルに使い、自分の力の及ばない半分の運、つまり神の意志にも耳を傾けて、結果的には深く悩まないことが私の楽観主義だと思うようになって来た。

神さまに、半分の責任を押しつけて、それを教訓と思えれば、それもまた楽しいことなのである。

日本は個人の歩幅に合った生き方ができる幸せな国

人生は努力半分、運半分と思っていると、生きるのがとても楽になる。うまくいったら運がよかったんだ、あの方が助けてくださったおかげだ、と喜んでいればいい。うまくいかなかったら運も悪かったんだ、私の努力が足りなかっただけではないんだ、と思っていればいいのだから。

その点、「自分は絶対に失敗しない」とか、「絶対に引かない」とか、「絶対にやり遂げる」とかいう勝ち気な人は大変だと思う。でも、勝ち気な人だからこそできた、という話もよく聞く。それもほんとうだろうが、私はただ、そっちの道を選ばなかっただけである。

高台にある神社やお寺などにはよく、そこに通じる男坂と女坂とがある。男坂は距離は短いけど傾斜は急で、女坂は緩やかで迂回《うかい》している。どっちを行くかといったら、私は昔から女坂に決まっていた。男坂を歩くと、息が切れてしょうがない。

女坂を行く人はたぶん、心臓がそれほど丈夫じゃないとか、鍛えていないから肺活量が少ないとか、そんなことじゃないだろうか。男坂と女坂のどちらがいいとか悪いとかいうわけではなくて、めいめいがストレスのない道を行けばいい。

幸いにも今の日本は、食べ物に困ることもないし、思想的な弾圧もない。インドやイギリスのような確固たる階級差別もない。九十八パーセントくらいが平凡な庶民だ。職業を選ぶ自由もあるし、行きたいところへも行ける。これは、大きな幸福の基盤である。だから、それぞれの歩幅に合った生き方をすればいいのである。

悪い結果をもたらした最大の責任は自分にある

もし自分の努力が必ず実る、ということになったら、人生は恐ろしく薄っぺらなものになるだろう。うまく行ったら、私は途方もなく思い上がり、失敗したらまさに破裂しそうなほど自分を責めるかもしれない。努力と結果が結びつかない、というところに、救いがあるのだし、言い訳もなりたつのである。因果関係は必ずしもはっきりはしない、というところで、世界はようやくふくよかなものになったのだ。

しかしそれをそう思えない人がよくいる。こういう人たちは、よくなった場合はすべて自分の能力の結果だと信じ込む。反対に悪い結果になった時は、誰それが、政府が、教育委員会が、担任の教師が、母親が、悪いからだ、と思うのである。ほんとうは右にあげたような原因は、現代の日本においては、すべて逃れようと思えば逃れられることばかりで、恐らく悪い結果をもたらした最大の責任者は自分なのである。

絶望のどん底でも運はゼロではない

人生は本当に面白いもので、何でも自由ならいいかというとそうではない。その時はわからないことばかりで、後になって振り返れば何にでも意味はあった。どれだけ計算したところで、世の中思い通りにうまくいくものではないし、逆に、大して計算しなくても棚ボタはあったから、その時は素直に喜べばいい。幸福の絶頂でも、絶望のどん底でも、運はゼロではない、それが人生というものである。

人は皆、自分に合わせて運命を選んでいる

私はいつも人から言いたい放題だと思われているが、人間関係に関しては、決定的なことはほとんど何も言わないことにしている。誰かの書いたものに対してはっきり言うことはあるが、その人の全人格や生きかたに対しては言及したことがない。子供に対しても孫に対しても、親友に対しても、礼儀を守って、重大なことは何も言わない。それは私が彼らに冷たいからなのでもなく、諦めているからでもない。とことん言ってしまう、ということは事実上不可能だし、それが美しいとも思わなくなったからである。

長い人生を見ていると、人は皆、自分の眼力、背丈、能力などに合わせて、運命を選んでいる、私がまさにそうであった。私自身の中に、かなりよく知っている世界と、ほとんど知らない分野とが、ひどいアンバランスで混在していた。私は若い時に小説のために勉強して、人より知っていると思う世界も作ったが、政治やスポーツとなると、人

並みよりずっと劣った知識しかなかった。政治の仕組みも知らない。政治家で顔と名前がきちんとくっつく人などごく少数であった。

しかし私が比較的のんびりと自然に人生を送れたのは、知っていることと、知らないことを分離していたからである。

不幸の中にも一点の感謝すべきものがある

実に、人生は次の瞬間、何が起きるかわからない。

これはもう何度となく書いているが、「安心して暮らせる」生活など決してないのだけど、まだ世間は平気で使っている。

選挙になると、「お年寄りも安心して暮らせる社会をお約束します」などと恥ずかしげもなく大声を張り上げる立候補者は多いけど、そういう言葉遣いをする政治家はウソつきか詐欺師、である。また、そんな政治家を求める有権者は、物知らずか幼稚な人だと思う。

人生を知っている大の大人は、なかなかそういう発想にはならないはずである。

ところが、最近、流行語のように「安心」という言葉を乱発する大人たちが増えてきた。「安心して子供を遊ばせたい」とか「安心して仕事を始めたい」とか、「安心して昔のように暮らしたい」などと、学校の先生、保育士さん、親たち、アナウンサーなどが、平気で口にする。東北のある首長さんも、まだ「安心して暮らせる生活を取り戻したい」と言っていた。

あの災害からいったい何を学んだのだろう。たぶん、不幸な出来事から何も学んでいないということなのだろう。

いいことは、ろくでもないことと表裏一体をなしている。言い換えれば、悲惨さの中にも笑いや希望は残されている、ということである。むしろ、それが人の世の常というものだから、地震や台風がこなくても、「安心して暮らせる」生活などあり得ないのだし、どん底の不幸の中にも一点の感謝すべき点を見出だせる人もいるのだ。

人間なら、常に備えて、あらゆる可能性を想定し、対処法を考えておくことが必要だと思うのだ。

運同様に人生が全く公平になることはありえない

元々人間社会は、不公平がついて回るものだと思っている。それを書くのが文学なのだ。人生が全く公平になるということなどないから、作家はどうやら失業しないでいる。

人生が不公平だということを示す一番いい例としていつも私が言っていることは、私は天下の美女と言われる山本富士子さんや、エリザベス・テーラーと、ほとんど同い年の生まれなのである。人生の基本が不公平だということは、この一事でよくわかる。

マリリン・モンローは、一九六二年に、自殺かもしれないと言われる死を遂げた後、モルグ（死体安置所）で初めて実際の身長と体重が発表された。あれからもう半世紀も経つのだ。

当時私が一番おもしろがったのは、それによってマリリン・モンローと、「当時の」私が、身長と体重において全く同じだったということがわかったからだった。私は会う人ごとに、このことを吹聴した。すると彼らは改めて私の全身をしげしげと眺め、

「しかし、つくべきところについているのとそうでないのとでは、ずいぶん違うものだなあ」

とがっかりしたように呟いた人もいたのである。これで私は、男たちの夢を少し破ることができたという点で、いい気味だ、と思うことができて嬉しかったのである。

＊

人間にとっては、逆境もまた、人間を創り鍛える重要な要素だ、と実に当たり前のことが、教育再生実行会議の現場で議論になったことはない。生徒や学生をよく理解すること、教育環境を整えることばかりだ。もちろん逆境の必要性など、総理官邸の会議で語られる議題ではないだろう。しかしそれは大きな真実だ。

人力では及ばない運命の開け方がある

人間は自分の選択とは別に、男女どちらかの性を受けて生まれ、親の仕事によって、居住地も決まる。それはいわば、神仏が命じた生き方で、当人の責任ではない。私は神仏とお話ししたことはないのだが、自分の一生の受容は、個人の素質と運命に殉じることの自然さから始まる、と思う。最初から、神仏の部分を当てにするのも間違いだが、人力では及ばない運命の開け方があるのも本当だ。

若い頃、私はいつまでも小説の道で芽が出ない自分の姿に嫌気がさし、ある夕方文学を諦める決心をした。しかし駅前の本屋に立ち寄ると、見知らぬ雑誌の批評欄に、同人誌に載せていた自分の短編が取り上げられ批評されていたのを知った。まさに文学を諦めようとした日が、スタートだったのだ。

世の中はそんなものだ。自分はかなり無力なのである。しかし自分は伸びて行く芽だから、芽がなければ将来もない。

＊

私はチャンスを生かす人がほんとうに好きだ。ただそのチャンスはむしろマイナスのチャンスをうまく使っている人なのである。有名人や権力者とは、私はほとんど親友にならない。その人と私が共にそのポストを去れば、付き合いも終わりだということが見え透《す》いているからである。或《ある》いは、いわゆる金《かね》の切れ目が縁《えん》の切れ目になるからだ。

病気、受験に失敗すること、失恋、倒産、戦乱に巻き込まれること、肉親との別離《べつり》、激しい裏切りに会うこと、などを耐え抜いた人というのは、必ず強くなっている。そして不幸が、むしろその人の個人的な資産になって、その人を、静かに、輝かせている。

不幸に負けて愚痴《ぐち》ばかり言っている人に会うと、チャンスを逃《のが》してもったいないなあと思う。人間は、強く耐えている人を身近に見るだけでも、尊敬の念《ねん》を覚える。暗く落ち込んでも当たり前なのに、あの人は明るく生きていると思うだけで惹かれる。あの人の傍にいたい。あの人と仕事をしたい、と思う。それがチャンスを生かしている人の生き方だろう。

運をつかむために視点を変えてみる

他人から良く思われ、褒められたり表彰されたり、マスコミに注目されたり、賞をもらったりすると、家族や知人はおめでとうと言うのが普通である。しかし長い目でみると、周囲の褒め言葉はその人の人生にあまり大きな力を持たない。それより、当人が辛抱のいいこと、ほんとうにその作業が好きなこと、などの方がずっと大きく継続する基本的な力を与える。

その意味で、人は好きなことをするしかない。それが一番強く、大成する原動力になる。そもそも人は自分の嫌いなことを長く続けられるわけがないのだ。それなのに優秀大学を出た青年でも、就職先を選ぶ時、「上場銘柄の中でも一番有名な会社」を選んだり、とにかく世間でもっとも名の通った存在と繋がろうとしたりする。

社長になることが出世の究極かどうか、私は疑わしいと思うが、それでもなりたければ小さな組織を就職先に選ぶことが人生を楽に生きる道である。

大きな会社はそれだけ社員も多く、自分と同じ道を歩もうとする競争者の数も多い。しかし世間通りの悪い会社に勤めれば、出身校の比較に置いても、知能の優劣の面でも、自分を追い落とそうとする相手の数は減ってくるのである。こんな分かり切ったことさえも理解しない人が、自分は優秀な人物だと思って、とにかく世間に名の知れた就職先を決めたがるのだ。

就職の時、自分の好きな仕事ができるということで、決める人もいる。植物が好きだったら、植木職がいい。あの人は腕がいいとなれば、世間に知れた名園のご指名にもあずかれる。植木なんぞなにがおもしろいんだろう、と思っている人が、その仕事に就いたら、日々は毎日が地獄になる。こんな割の合わない話はない。

私は昔から書くのがすきだった。どんな時でも書くものがあれば書けた。最近では、私は夫の亡くなった夜、ほんの二、三枚書いてみたことがある。現在の自分の心理に押し流されず、書きかけていた世界の続きを書けるか、と思ったのだ。私はひどく疲れていたが、書けた。私はやはりプロであった。喜ぶべきことでも悲しむべきことでもない。私はもう六十年もそのような現在の心情を超える「修行」をして来ているから、作家としてどうやら生きて来られたのだ。仕事は才能のあるなしではなく、継続に耐えられるかどうかだけ、というのは本当なのかもしれない。

トップではなく、むしろ二番手につく人の方が長続きするというのが偉大な真実だということに、私たちはもう少し早く気づくべきなのだ。

「何ごとが起きてもしょうがない」のが人生

どんな時代にも、どんな個人にも、思いがけないことは起こり得る。

ある程度を年とった人なら、「こんなはずではなかった」ということを、二つや三つは抱えているはずだ。それは、お気の毒だ、というより、人間の運命はみんなそうである。

私は、もともと現世は豹変するものだ、と思っている。もちろん、「何ごとも起こらないほうがいい」と願ってはいるが、「何ごとかが起きてもしょうがない」という感じで暮らしてきた。

今とりあえず家内安全なら、こんな幸運が続いていいのだろうか、私の健康はいつまで保つのだろうか、と考える。現実を見れば、自分が予想もしなかった病気に突然かかったり、家庭によっては、子供が急に学校へ行かなくなったり、お父さんの会社が倒産したりすることがあると思う。細かいことを言うと、毎日が想定外だと私は思っている。

運命の予測はそんなに精度の高いものではない

総じて世間全般から理解されようと思うと人間は疲れる。見捨てられたところから覚悟して、一人で歩き出すと意外と楽なのだ。そして現代は、昔と比べると見捨てられた道にも少しは明かりが灯《とも》っていたり、足許《あしもと》が整備されたりしている。この季節、入試の風景が時々テレビにも映し出される。希望する学校に入れる方がいいには決まっているが、落ちることを運命づけられている人もいる。

「あの時入試に落ちていなかったら、今の自分はない」と言う人は、世間にそう珍しくはないはずだ。

　この手の話を、私も昔は落第生の心が救おうとする優しい大人たちが、好んで語りたがる人生観だと思っていた。しかし、長い生涯の間にたくさんの話を聞いていると、事実がそうなのだ。

　広島では、原爆が投下された日の朝、忘れ物を取りに帰って遅れそうな息子を、急いで送り出した痛恨の母の記憶もある。

　息子があのまま電車に乗り遅れれば彼は死ななくて済んだのである。あの日、広島で若者の労働力として工場に動員されていた中学生は、私と同年であった。彼らの多くは生き延びて、今の私と同じ80代の後半にさしかかっている筈だ。

　人間は自分で、安全や繁栄の道を選ぼうとするが、実はその選択には、「当てずっぽう」の面がある。運命の予測はそんなに精度の高いものではないことだけは、肝に銘じた方がいい。

「忍耐」と「運」は同質のものである

世の中で、それさえ持っていれば好きなものが手に入るというのが「打出《うちで》の小槌《こづち》」だというのだが、その魔法の小槌を私たちは買うことができない。

何かそれに代わる確実なものはないか、と探した場合、誰にでも手に入るものがある。それが忍耐なのである。

考えて見れば、忍耐というのは、まことに奥の深い言葉だ。人間はすぐには希望するものが手に入らないことが多い。

機運《きうん》が来ないことも、自分自身が病気に見舞われることもある。自分自身は健康でも、家族が倒れてその面倒を見なければならない時もある。

しかし忍耐さえ続けば、人は必ずそれなりの成功を収める。

金は幸せのすべてではないが、財産もまた大きな投機《とうき》や投資でできるものではないということを、私は長い間人生を眺めさせてもらって知った。その代わり、成功のたった一つの鍵は、忍耐なのである。

知識や精神がやせ細る前に本を読め！

私は作家になって、いくらか人よりお金を儲けた。私は親から一円のお金も相続しなかった。しかし私は自分を育てるためにしたことがある。私は徹底して架空体験などに溺れず、すべていささかの危険を承知で常に実人生の小さな冒険旅行にでかけて行ったのだ。それともう一つ、私はテレビゲームに使う時間を読書に使った。今では、あまりにも人は精神や魂の肥料である読書をしなくなって、知識も精神もやせ細っているから、私はあえて次のように言いたいのだ。

「金を儲けたかったら、本を読め！」

「出世をしたかったら、本を読め！」

と。

もっともこんな言い方をしたら「下品な言い方ですなあ。しかしそれくらい直截《ちょくせつ》に言わないと、世間はわからないかもしれませんなあ」と笑った人はいた。

今日からでも遅くない。自分を伸ばすために読書を始めて、そしていつかそのおかげで人生で「出世」できたと思った人は、私に手紙を書いてほしい。もっともその時、私が生きていたらの話だが……。

今は自分自身が何より大切で、社会も他人もそのことを認めて自分の希望を叶えるべきだ、と信じている子供や大人が珍しくない。こういう利己主義者は、個性が強いように見えるが、実は精神もひ弱で、個性も希薄な、内容のない人物なのである。たった一人、その人らしい強烈な個性を育てたかったら、逆説めくが、他人の存在の真っ只中に常に自分をさらさなければならない。そしてある程度傷つかなければならない。満身創痍の人が強く、味わい深くなるのである。

第七章

人生はなるようになる

人生はなるようになる

私は小学校時代に、観念でなく、二回死を自分の体験として前方に見た。一度は母が、私を道連れに自殺を計った時であった。

その時、私は死にたくないといい、結果的に母も思いとどまったので、それは未遂に終わった。

私もそのことを深刻に考えていない。しかしその後の私の生き方の上で、大きな影響を与えてくれた事実を、むしろ感謝している。

二度目はやはり、東京で烈《はげ》しい空襲に会った時である。私は明日まで生きていける保証のない状況を心底からいやだと思った。私は軽い砲弾恐怖症（シェルショック）にかかり、泣き続けて母をてこずらせた。

だから私の場合も、生命と死に関する基本的体験は、十三歳までにでき上がっていたのである。子供があまり小さいうちに死に触れさせることはよくないことだ、という説もある。そして最近の人たちの論理の特徴は、人生のほとんどの出来事は、自分の好みで選べ、不都合な問題は政治の力でコントロールすることができる、と考えることである。

しかし私の育った環境と時代では、平凡な庶民の場合、運命の選択肢は極めて少なかった。生涯を決定する要素は、常に有無を言わさず、それこそ、火山の爆発のように、生活の上にふりかかってくるものであった。

それ以来、私は死についてべたべたと始終考えるようになった。そういう性癖を作られたことを、教育上、いいことだとも思わないが、特に困ることだとも言えない。それによって私は私らしくなっただけのことである。

ドリス・デイの歌った「ケ・セラ・セラ」という歌を、私はほんとうに好きであった。意訳をすれば次のようになる。

「私がまだほんの小さな娘だったとき

私はママに私の将来を尋ねた。
私はきれいになるかしら。それともお金持ちになれる？
そしたらママは答えた。

気にしなくていいの。
なるようになるんだから。
将来のことは、人間には分からないの。

私が大きくなって恋に落ちたとき、
私は恋人に私たちの将来について尋ねた。
私たちの未来は、ずっと明るいと思う？
すると恋人は言った。

気にしなくていいんだよ。

なるようになるさ。

先のことは、人間にはわからないんだから。


今、私は自分の子供を持っている。

すると彼らは私に聞くのだ。

僕はハンサムになれるかなぁ。お金持ちになれると思う?

そこで私は、彼らに優しく話してやる。


心配しなくていいの。

ちゃんとなるようになるわ。

将来のことは誰にも分からないのだけど」

これは、いわゆるポピュラー音楽だが、その歌詞にもこれだけの健全さと慎ましさと、そして哲学のようなものまで含まれているのである。

自分自身の愚かさを笑うことのできる人間であれ

「私は聖書を勉強して、『新約聖書』の中の聖パウロの書簡というものを深い感動をもって読んだ。ことにその中に、次のような箇所を見つけた時には、私はすぐ聖書の原文に赤線を引いてしまった。

「兄弟たち、わたしはこう言いたい。定められたときは迫っています。今からは、妻のある人はない人のように、泣く人は泣かない人のように、喜ぶ人は喜ばない人のように、物を買う人は持たない人のように、世の事にかかわっている人は、かかわりのない人のようにすべきです。この世の有様は過ぎ去るからです」（『コリントの信徒への手紙一』7章29～31節）

この部分を読むと私はいつも一人で自分を笑いたくなる。私は人目に立つような椅子こそ買わなかったが、愚かなものを買った。たとえば茶碗は一個あれば充分ご飯が食べられるのに、二個も三個も所有したのだ。

それどころか、ご飯がおいしそうに見えるだろう、という理由で更に二個も三個も買うような生活を続けたのだ。

しかし私はこの聖パウロの言葉を知っていたから自分自身を笑うことができた。そして自分自身の愚かさを笑うことができるということはまちがいなく魂の解放につながることを発見した。

それは私が自分を見つめるもう一つの眼を育てるということになったことも意味するだろう。主体的自分と客体的自分、である。或いは主観的自分と客観的自分、と言ってもいい。この補完的効力がないと、私たちの魂はたった一本の鎖でつながれて奴隷のようになる。

だからと言って私は別に聖パウロの勧告に従って「おいしそうな飯茶碗など別に要らないかのように」はふるまわなかったし、今後もそうはならないだろう。

しかし「持っていても持たないかのように」生きることには充分な意味がある。その時初めて私たちは失う場合に備えていることになり、実際に失っても少しは驚き慌てずに済む、という心の自由に近づくのである。

どんな人間にも例外なく訪れる死

私たちの未来はほんとうにすべてにおいて、一瞬先の保証もない。その中で、たった一つ確実なことがある。それが死なのである。感動的なくらい不思議なことだが、何一つ確実でないこの世で、死ぬということだけが確実である。あとはすべてのことが、もしかすると可能であり、もしかすると不可能である。

学歴もなく、頭もさしてよくない人が、総理大臣になったり、一族の中でもてあましものだった男が大金を儲ける事は大いにあり得る。反対にあれほどの美人が、と思うような人が縁遠かったり、健康そのものであった人が三十代にころりと死んでしまったりする。ビルにオフィスを持てば火災訓練があり、客船に乗れば乗船したその日にもう避難訓練が行われる。警備会社は泥棒に入られるといけないから警報器をつけろと言い、外国旅行をすれば旅行代理店が保険はいくらおつけしましょうか、と聞く。

これらの災難は遇うかもしれないが、運がよければ、一生遇わなくて済むかもしれないのである。

しかしそこに一つだけ例外がある。それが死である。

「もういい」と思える時が来る

この秋から冬にかけて、私は生活をすっかり変えてしまった。恐らくただの老衰だと思うが、夫がやたらに転び易くなって、その度に体力が衰えたからである。それに備えて、私は家中を整理した。

まず私自身の生活を変えた。講演や座談会など外へ行く仕事を全部止めた。全く出ないわけではないが、予定を立ててそれを守らねばならない暮らしはやめて、約束はいつ断っても許してもらえる私的なものだけにした。

私は少しも感傷的ではなかった。人間のすべてのことは、いつかは終焉が来る。私は子供の時から毎日死を考えるような性格だったし、小説を書くことだけが好きだったので、おしゃれをして外出し、あまり知らない人たちと社交をすることはむしろ苦痛だった。旅は好きだったが、すでにもう自分でもよく行ったと思うほど、世界の僻地へ行った。私は何度もアフリカを見たことを深く感謝している。五十二歳の時、サハラを縦断できただけで、途方もない贅沢ができたと感じている。怒濤荒れ狂う冬の太平洋は知らないのだが、贅沢で退屈なクルーズ船ではない貨物船の暮らしも知った。私はもう充分に多彩な体験をした、と自分では思っている。それが私の納得と感謝の種だ。つまり「もういい」のである。もっとこんなことは私の小説とあまり関係ない。

老年は自分の一生を思い起こして納得する時間

結局のところ、人間は一人で生まれてきて、一人で死ぬ。家族がいても、生まれてくる時も死ぬ時も同じ一人旅だ。赤ん坊はよく泣く。記憶はないが、すごく辛いのだと思う。おむつが汚れたり、お腹が空いたりしても、口が利けないのだから、辛くてたまらないのだろう。それを経て皆、大きくなる。人間の過程の一つとして、老年は孤独と徹底して付き合って死ぬことになっているのだ、と考えたほうがいいのではないか。私はそう思っている。

一口で言えば、老年の仕事は孤独に耐えること。そして、孤独だけがもたらす時間の中で自分を発見する。自分はどういう人間で、どういうふうに生きて、それにどういう意味があったのか。それを発見して死ぬのが、人間の目的のような気もする。

私も含めてほとんどの人は、「ささやかな人生」を生きる。その凡庸さの偉大な意味を見つけられるかどうか。それが人生を成功させられるかどうかの分かれ目なのだろう、と思うのだ。

常に最悪の事態を覚悟して過ごす

私が知る限りでも、人生には、いつも取り戻せないほどの大きな運命の変転があった。その度に、私たちの親たちの世代も、私たちの世代も泣き続けて来た。親たちは夫や子供を失い、おおよそ私くらいの世代は、自分が死んだり、恋人を失ったりして来た。だからそういう無残なことがないような社会を作ることにはいくらでも働くが、「生活を元に戻してくれ」などと「世迷いごと」を言ってはいけない。そんな甘さが通用することは、この地球上のどこにもない。

人間は常にどこかで最悪のことが起こるかもしれないという覚悟を常にしておくべきだ。もちろんそれは避けたいことだが……覚悟は個人の領域だ。それを国家に補償せよとか、肩代わりせよとか言ってもできないことが多い。不幸もまた一面では個人の魂の領域であり、それを国家に売り渡してはならないからである。

見事な老人は一人で生活を成り立たせている

料理が惚け防止にいいということは、昨今有名な事実になっている。料理は軍隊の上陸作戦と同じで、総合的な複数の要素を一挙に統合して進める手順が要る。

私は家にいる限り、毎日のように昔風のおかずを作る。それも残り物をうまく使おうという目的だから、冷蔵庫の中もきれいに片づく。食料をむだに捨てるような暮らしをすると、自分の人生にはいいこともないだろうと思うのと、冷蔵庫そのものが整理されている状態が好きだからである。

何歳まで生きていられるかを考える必要はないだろう。しかし生きている限り心身共に人の迷惑にならないためには、自分を鍛え続けなければならない。それには一人で歩き、一人で荷物を持ち、一人で考え、一人で暮らすことを工夫することだ。それを実行している見事な老人を、最近はあちこちで見かけるようになった。

年寄りの義務と生き方の技術を学んでおく

何歳まで生きたら、人間は満足すべきかは分からない。昔は還暦（六十歳）が一つの目標だったが、今は傘寿《さんじゅ》（八十歳）卒寿《そつじゅ》（九十歳）さえも珍しくなく、喜寿（七十七歳）を迎える人は普通になった。

昔から私たちは、小学校で基礎的な知識を身に付け、中学で大体の目標を決め、高校で大学という専門分野を学ぶか、それとも就職するかの大まかな人生の方向を決定することを学んできたのだ。

経済状態が青年たちの生き方を決めるという言い方もあるが、現在の日本では貧家の秀才も、努力をすれば何とか大学で学ぶ道は開かれている。それなのに、ほとんど学ばなかったことがある。それは年寄りの義務、或いは、生き方の技術である。

いつの時代にも独学の道はあった。私は小説を書いてきたので、何でも独学することを好んだ。私が執筆の上で必要な知識やものの見方を教えてくれる学校も私塾もなく、これ一冊読めばいいという本もなかった。またあるとしても、それがその本だと分かるまでに、人はうんと回り道をするだろう。

老年は体験が豊かなので、世間の人たちは自分でそれを見つけるだろうと思う。しかし実はその面の対策はなおざりにされていたのだ。

その空隙《くうげき》を、次に見て行きたいと思う。

冒険はむしろ老年のためのもの

私はよく書いていることだが、老年がやたらに用心深くなりすぎていると思う。病気の方は別である。寝てなきゃいけないとか、遠くまで歩けないというのは別だけれども、むしろ、若者が用心深くなって、老人は冒険をすればいいんだというふうに私は思う。猛獣がそこらにいるサファリパークの中で車を降りろということではないのだけれど。

たとえば、四十、五十の人だったら、まだ子どもが大学を出ていないとか、大学はでたけどなんとか結婚させるまでは生きていてやらなきゃならないとか、いろいろある人が多いだろう。けれど、老年になったら、極端な話、いつ死んでもいいのだ。死んでもいいなら、冒険すればいい。だから、冒険は老年のためのものである。若者の時に冒険をする人は選ばれた人だけれど、老年はほとんどの人が冒険していい。

満ち足らせたものはなにか、を教えてくれた友人の死

八十歳も半ばになってくると、いつ命が尽きても別に不幸とは思わなくなるのは本当だ。友人、知人たちの死の知らせを聞いても、「いい一生だったなあ」「立派に生きたなあ」と思うことが多い。ことに、眠ったまま亡くなったなどという話を聞くと「上手く死んだなあ。羨ましいなあ」と思ったことさえある。

最近も一人、同級生だった人が亡くなった。学校時代にはあまり親しくなかった人が、人生の半ばで自然に出会い、始終会ったり食事をしたりするようになることはよくある。彼女は小学校の時のクラスでたった一人、ご両親が既に亡くなっている子供だった。しかし健康で明るく、みじめさとは無縁の人だったので、私は「偉いなあ」と秘かに尊敬を感じていた。

細かい身の上話を聞いたことはないが、戦前の日本人の寿命はそんなに長くなかったし、彼女には多分遺産もあり、親戚の人の許《もと》で、充分に慈しまれて育ったのだと思われる。

それから半世紀以上が経って、彼女も結婚して子供たちにも恵まれ、私たちのつき合いの距離は急に縮まった。第一の理由は、私たちの住居が近所とは言えなかったが、大体、東京の同じような地区だったからだった。

子供の時には見えていなかった人間味の豊かさを、人間は成人してから発見するものである。私は自然でおおらかな彼女の人柄に惹かれた。ただ彼女の夫は少し年の離れた、それ故に昔風の気質で、自分の要求を妻は叶えるものだ、と思っているような節があった。

住居以外の私たちの偶然の共通点は、二人共足に問題を起こすことだった。私は六十四歳と七十四歳の時に踝《くるぶし》の部分を骨折し、彼女は膝やその他に年相応の痛みが出ていた。私はお世話になった整形外科のドクターを紹介し、彼女は私と同じ病院に行って治療を続けていた。二人共、何とか歩ける老後を過ごしたい、という点では実に単純に共感していたのである。その程度に、私たちは二人共働き者だったのかもしれない。それは校風でもあったが、老後を自由に遊んで暮らしたいという遠い願いも確実に込められていた。

二人の生活上の大きな違いは、彼女のご主人はやや厳密な性格で、世の中の折り目をきちんと守る方のように見えたことだ。それに対して私の夫は、何もかもどうでもいい性格だった。だから彼女の方が、家族の事情に束縛されていて、時には足の手術の日さえ、夫の都合で許されなかったこともあるらしい。

二人共、偶然今年（二〇一七年）夫を亡くした。私はこれからは、彼女を誘って遊ぶ機会を逃さないようにしよう、と秘かに心に決めていた。私は今までに申し訳ないほどしたいことをしてきた。サハラ砂漠の縦断もしたし、インドやアフリカの国々にも何度も出かけた。誰もがそんな土地へ行きたがるとは思っていなかったが、もし誰かが望めば、私はそうした国々をもっと見て死ぬのも「財産の一つ」と考えていた節がある。

しかし彼女には、遊ぶ前に足の手術を受ける必要があった。内臓の病気ではないから、手術を受けさえすれば杖なしで、私程度の歩き方はできるようになる可能性は高い。

ご主人の法事も済まされて、現実的な入院の日取りも病院も決まった。入院して五日後に手術、約一ケ月リハビリもして、お正月前後には、今より軽々と歩けるようになって家に帰れるだろう。

人ごとながら私は自分の治療のように、その経過を心の中で楽しみにしていた。治ったら、温泉に行きましょう。よかったら、私の取材にも一緒にいらっしゃい、と、私の夢想は限度がなかった。私の父が厳しい人で、私の母は、父が生きている限り知人と短い旅行にも気楽には行けなかった。その過去の苦い記憶が、私にはおかしなおせっかいをさせたような気もして、少し後悔している。

彼女の自由に向かってのスケジュールは年末に向けてさらに現実的になってきた。入院の日も、手術の日も決まった。私は手術後二、三週間経ったら、彼女を入院先の病院から「逃亡」させに行くつもりだった。私は自分にも、他人にも、規則を破らせるのが好きだったのである。

どういう「逃亡」を企てていたかというと、もちろん、病院に届けはするのだが、私の海の家に連れ出してご飯を食べるか、銀座のレストランへ出かけて、私が車椅子を押しておいしいものを食べるという逃亡計画である。つまり彼女の入院は暗いものではなく、「自由に向かっての積極的な一歩」というふうに私は思い込んでいた。

しかし、その通りにはならなかった。入院の朝、家族はシャワーの音が止まらないのに気がついた。その時、彼女は倒れて呼吸も停まっていたというのである。私たちは八十歳代の半ばなのだから、そういうことがあり得ても別に不思議はないのに、私の心は納得していなかった。

現実的な小さな幸福は、夢想ではなく、もう見えるところにあったのだ。それは彼女の現実の生活とも経済状態とも、少しも無理なく叶えられるはずのものであった。私は運命に対する悔しさを忘れられなかったが、同時に彼女の死が無言で伝えているものもあるような気がし始めた。

どんなに厳しい生活であっても、ご主人に尽くすことが、彼女のもっとも満ち足りた生活であったのかもしれない。私たちは通常一人の人間の生涯を、重く充実したものにすることなど、なかなかできないものなのだ。

人間は与えられた究極の目的を知らぬまま死ぬのではないか

私は老年にさしかかった頃から、簡単に人生で善悪を決めることをやめてきたつもりだが、こうして人生で初めての生活や仕事の場に接すると、改めていいと言われることにも問題があるだけでなく、悪いと言われていることにも、いい面があることに驚くようになった。その結果、人生には一切予定というものが立たないのだろうという実感も深まった。人間の浅知恵がここまで来て、更にことごとく粉砕されるような感じである。

このような経過を経て、多分人間は死ぬまでに、更なる未知の自由を獲得するのだろう。どんな自由かは知らないが、簡単にわかったつもりになっていたことも、実はそうではなかった、と自覚する自由である。

考えてみるとわからないままでいい、わかろうとしたのだから、と私は思い、自分に「ご苦労さま」と言ってやりたい気持ちになれた。

若い時は、確実な目標を持って学びもしたし、その目標が狂うと腹を立てたりもしたものだった。しかし人間は、実は死ぬまで究極の目的を自分でも知らないのではないか、とこの頃思う。その裏切られ方も、改めて考えてみるとおもしろい。

そんな風に自分に裏切られた分野で、社会に尽くすようになった人も、実は意外に多いかもしれないのである。

人間も歴史も歳月と共に変わり、別ものになっていく

人間自体が年を取ると若い時とは全く別人になっている。少なくとも私はそうだ。「三つ子の魂、百まで」と言われる悪癖の部分は残っているが、確かに十代、二十代では全くしなかったような考え方をするようになっている。簡単にいい人間に変わるとも言えないし、惚けてばかになったとも言い切れない。しかし変わっても不思議はない。

人は変わるのだ。変質するのである。それが加齢の力だ。歴史もまた同じである。一つの出来事に対する感覚も確実に変質している。それを認めないのはおかしい。

よく世の中には善意の人がたくさんいて、自分と同じ失敗を二度と子や孫に犯させないようにしようと思う人がいる。そういう人の話を、しみじみと聞いて参考にするいい子も稀ではないだろう。しかし私自身はそうではなかったし、私の子供や孫もそのタイプではなさそうだ。

だからかもしれないが、私は、戦争でも災害でも「語り継ぐ」ということはほぼ不可能で無意味だと感じている。

死者は声がなくても常に語りかけている

通常、善意に包まれて命を終える死者が残した家族に望むことは、健康で仕事にも励み、温かい家庭生活を継続することだろう。息子にはぜひ総理大臣になってもらいたい、という生々しい野望を残して死ぬ人もいるかもしれないが、人間は、その誕生と死の時だけは、不思議なくらい素朴になる。赤ん坊が生まれる時、親たちが願うただ一つのことは、五体満足で健康なことだ。死者が残していく家族に望むことは、「皆が幸せに」という平凡なことである。だから私たちは常に死者の声を聴くことができる。死者が、まだ生きている自分に何を望んでいるか、ということは、声がなくても常に語りかけている。

おそらくその声は「生き続けなさい」ということなのだ。自殺もいけない、自暴自棄もいけない。恨みも怒りも美しくない。人が死ぬということは自然の変化に従うことだ。だから生きている人も、以前と同じような日々の生活の中で、できれば折り目正しく、ささやかな向上さえも目指して生き続けることが望まれているのだ。その死者が私たちのうちに生き続け、かつ語りかけている言葉と任務を、私たちは聞きのがしてはならないであろう。

日本のいい時代に生き、いい時代に死ぬ幸福

私は夫が先に亡くなってよかったと思っている。彼は日本のいい時代に生き、いい時代に死んだ。彼はご飯も炊ける。味噌汁も作れる。しかし私と違って手抜き料理はできないから、後に残れば実にまずいご飯を食べることになっただろう。そうすれば次第に外食に頼るようになる。それが惨めとは言わないが、家庭の食事というものは、外食とは全く違う。家庭のご飯があってこそ、外食も楽しいと思える。旅先で三日間、お弁当ばかり食べていると、食欲がなくなる。

もっとも先日、お弁当屋の息子だという人の話を読んだ。彼にとっては、弁当が家庭料理だった。だからそれで不満を感じたことはない。もっともな話だ。

夫はいつも清潔なものを着ていた。お風呂も入りたい時に入れた。夜の睡眠を妨げられることもなかった。何だそんなこと、と言う人もいるだろうが、私に言わせれば、これは世界的レベルの幸福なのである。

現在のシリア人を考えてみるとわかる。土地によっては、いつ砲撃があるかもしれず、子供心にも、明日まで生きていられる保証はない、ということを知っているだろう。水道や電気や、道路などのインフラは壊れたままの場所も多いだろう。物流も円満には動かず、物資の補給も偏って当然だ。パンはあっても油がないとか、バケツは買えても石鹸がないなどという生活を、私たちは皆体験したのだ。そういう暮らしが複雑な精神を生む土壌にはなったが、やはり今の世代に体験させたくはない。

誰でも命を育てることが好きなのだ

私は或る年、私が働いていた組織の創立者のご命日近くに墓参をする時、我が家に咲くはずの百合を持っていくことにした。大した手数ではない。ただ前年からその日のために計画的に百合の一種「カサブランカ」の大きな球根を植えておいたのである。

しかし墓地の花屋は、それを許さなかった。自分のところで買った花以外の持ち込みはできない、というのである。

どこの家にも、墓地で亡き人に向かって、今年、うちであなたの好きだった花がこんなに咲きました、という報告をしたい場合もあるだろう。それなのに、お金のために、こんな悪弊を作った墓地の管理者たちがいるということだ。

しかし私は、夫が亡くなってみてわかった。花は亡き人のためではなく、残されて生きている家族のためなのである。なぜなら、花は生きていて世話をする人が必要だからだ。

女性は基本的に他者の世話をしたい性なのだ、などと言われると、私は反対したくなる。私は人の面倒を見るなどということは、多分まっぴらなのだ。

しかしいざとなると、親でも子でも配偶者でも、そしてもしかすると、行きずりの未知の人でも、世話をするのは自分以外にない、と思い込むかもしれない。好き嫌いの問題ではない。それ以外に選択の余地がないという人間関係が生じることは、どうしてもあるだろう。

だから私はいい看護人にはなれないだろうが、最後まで誰かを捨てることはできないだろう、とも思う。

私の周囲には、そのようにとにかく人を捨てられなかった人がたくさんいる。異性を捨てられなかったのではない。見知らぬ人を捨てられなかった人である。或るイタリア人の神父は、学僧になるつもりでローマで神学を学んでいた。しかし神学校の同級生のボリビア人の神父に頼まれ、彼の故郷を訪れた時から、運命が変わった。

彼はその貧しいボリビアの田舎町に移り住み、或る日町で一人の弱り果てているハイティーンの少年を拾った。少年は末期の結核で、もう立って歩けないほどの衰弱ぶりだった。イタリア人の神父は、彼を自分の宿舎に連れて帰り、自分のベッドに彼を寝かせ、自分は床に寝ていた。

貧しい少年はその後間もなく息を引き取ったが、祖国にこのイタリア人の神父を残した。イタリア人は思いもかけず生涯をボリビアに捧げる決意をし、その後、青少年のための教育事業に携わった。

誰でも命を育てることが基本的には好きなのだ。ことに家族の誰かが亡くなったような場合、残された家族は、必死で生に向かう行動を取るのである。それが花の世話をし、今後自分はどのように人のためになる暮らしができるかを考えるきっかけにもなるのだろう。

第八章

そして最終章の風景

死ぬという経過はあらゆる生物の自然の姿である

自然の教えるものは人間にも通用する。

人間が育ち、力ある青年期を迎え、やがて少しずつ衰え、やがて萎《しお》れて枯れる（死ぬ）という経過は、あらゆる生物の自然な姿である。

それ以外の道を辿《たど》るものはない。その運命が自分の上に訪れても、それを嘆く理由はどこにもないのである。

それどころか、私は枯れ葉を除き、古株を分けて取り、という農作業がどれほど、花や樹を蘇《よみがえ》らせるか、ということを知っている。若い枝や葉ですら、混み過ぎた場合は適当に減らしていかなければ、全体としての木も花も実も豊かに、茂り咲き実るということはない。

私たちは平気で、大輪の花を選び、実が大きい果物の方を喜ぶ。私の庭にはキウイフルーツもできているが、その実はほんとうは一枝に二個くらいまでに摘果して減らすのがいいのである。ところが私の家では、この摘果という作業に誰もあまり真剣にならないので、できた実の中にはゴルフボールくらいの小さなものも混じってしまう。私の農園の作物が「曽野農場」のブランドを掲げても、とうてい高くは売れない理由である。つまり人生も整理なしには済まない、ということだ。

地球上の人間すべてが一斉に百歳を超えるような長寿を得たときの悲劇

人生は初めから終わりまで「通過」である。そこにその時々によって儀礼的なものが加わる。途上国の部落では、いろいろな通過儀礼が行われると、ものの本で読んだことを切れ切れに覚えている。青年たちだけが集まって暮らす家で共同生活をしたり、高い崖や樹から足を縄で縛って飛び下りたり、割礼のような外科的処置を受けたり、それぞれに当人にとってはいささか過酷な試練をへなければならない。

先進国でもそれに似たことはある。入試のための受験、経済的独立という重荷、出産、老いた親の世話などである。こうした要素のない人生も、地球上にはないのである。死はその最後の一つだと考えると、それを避けようとするような悪足掻《わるあが》きはしなくなるだろう。

むしろ死は、通過儀礼に参加することなのである。死は誰にでもでき、誰でもがそのことで後の世代の成長に資することができる。私たち日本人は、世界一の長寿という条件を与えられたことに喜んでいいのだが、六十八億を超える地球上の人間すべてが、一斉に百歳を超えるような長寿を得ることになると、そこにどんな形の新たな地獄が待ち受けているか、私には想像ができない。

死が近づくと人は「愛に生きる」だけを求める

生きている人の文化は千差万別だが、死に当たって望むことは、どの国の、どのような階層、宗教の人でも大体似たりよったりになって来る。

少し前シンガポールの英字新聞が、シンガポール人の死に対する意識調査をした。その時点で多くの人が死を予告された後、実行し、望んだことは、家族の生活を緊密にし、共に長い時間を過ごそうということであった。

或る夫婦は、二人が共に暮らした日々を記録するためにあちこちに旅をし、数千枚に上る写真を残した。

かつての知人たちに会うこともその旅の一つの目的だった。

それは簡単に言うと「愛の確認」という目的に尽きている。

そうなのだ。私も何度か書いているが、まだ余生が長いと感じている間は、私たちはさまざまなこと、多くの場合、人生の横道に当たるようなことに執着する。妻に秘密の愛人も捨てがたい。ぜひハワイに別荘を買いたい。会社で出世コースに乗りたい。一流大学に入りたい。

それが悪いとは言わない。人生とは、いわば横道をさまよい歩き続けることなのかもしれないからだ。しかし死が近づいて来ると、多くの人々の意識は一つに絞られる。それは「愛に生きること」だけを求めるのである。或《ある》いは「愛に生きたこと」を思い出そうとするのである。

老年、睡眠時間が短くなるのは、神の配慮

人間がほんとうに祈るのは、死が近づいた時だという。目覚めていなさいというのは、世の終わりが近いという当時の人々の考えを反映したものだろうが、私の知人は或《あ》る時、私にこう言った。

「年取って少しずつ睡眠時間が短くなった時、私は、ああ、ありがたいことだ、って思うようになりましたよ。昔は睡眠時間が少なくなると苛々《いらいら》したもんですよ。しかし、考えてみれば、死ねばいくらでも眠れるんですからね。毎日、あくせく眠ろうとすることはないんですよ。そう思ったら、少し不眠の気味があっても、気楽になりましてね。それより、今この一刻を起きていて、何かに使うことができるなんて、なんて贅沢《ぜいたく》なんだろうと思えるようになったんですよ。お祈りは時々うまくいきませんが、死ぬまでにすることは、たくさんありますからね。うかうかしてる暇はないんですよ。寝なくて済むということは、ほんとうにすばらしい老年への贈り物なんですよ」

老年の仕事は「避けられない孤独」に耐えること

夫婦や家族の会話はその点、安全地帯の中にいる。どんな表現にも過剰反応しないのが普通の家族である。だから安心して喋れる。そうした防波堤のような相手が、少しずつ身の廻りから消えるのが、晩年・老年というものの寂しさなのである。

一口で言えば、老年の仕事はこの孤独に耐えることだ。逃げる方法はないのである。徹底してこれに耐え、孤独だけがもたらす時間の中で、雄大な人生の意味を総括的に見つけて現世を去るべきなのである。これは辛くはあっても明快な目的を持ち、それなりに勇気の要る仕事でもある。

思えばやはり、孤独というのは、青春の言葉ではなかった。老年の孤独には、歯が浮くような軽薄さがない。それはしっとりと落ち着いている。

恐らく私を始めとして、多くの人々が老年と晩年の孤独を恐れている。或いは、予想もしなかったその孤独の到来に当たって、苦悩に身をよじっているか、自分の死を早めることさえ願っている人もいるだろう。しかしすべて人間は不純なものだ。人々はなかなか「その通りにはできない」のである。つまり喜んで生きることもできないが、自殺する決意もつきかねているのである。フランシス・ベーコンもその『随筆集』の中の「逆境について」の章の中で言っている。

「順境の美徳は節度である。逆境の美徳は忍耐である」

「順境は旧約聖書の祝福である。逆境は新約聖書の祝福である」

つまり旧約時代が正義と裁きを重んじた時代であったのに対して、新約時代は愛と許しを中心とする時代を創出したのである。

「順境には多くの恐れと不愉快がなくはない。そして逆境に喜びと希望がなくはない」

「順境は悪徳を一番よく表すが、逆境は美徳を一番よく表すものなのである」

孤独に苛《さいな》まれる晩年が逆境だとしても、こうした位置づけはまた可能なのである。

命は形を変えて伝えていける

亡くなった人の存在感は、何か思いというもので残る。よく子供のいない夫婦で、私たちが死んだら、それで終わりと言う人がいるが、そうじゃないはず、と私は言うのである。命というのは、死んでもいろんな形で伝えていけるものだから。

生きている限り、自分のＤＮＡを伝えるだけでなく、魂を伝えることが出来る。学校の先生だったら、生徒たちに、自分の知識と思いを伝えられる。子供がなくて食堂を経営している人は、いろんな形で、冬の寒い日、食堂に来る人が、温かいおうどんを一杯食べて元気になるようにと、つまり、いろんな形で命を伝えることが出来る、と私は思う。

亡くなった夫の声が聞こえてくる

ふと青い空に夫の視線を感じることや、夫の声が聞こえると思う時がある。もちろん幻視でも幻聴でもないのだけど。

もし本当に青い空から夫が私を見ているとすれば、それまでと変わらない生活をした方が夫も安心する。だから、今までと変わらない生活を送ることにしている。

生きている限り、人間は常に些事《さじ》に追われないといけない。私の場合、料理をすることで日常を保つことができているのである。

＊

私はともかく、朱門の育った家庭は、古い日本の生活の形式に、完全に無頓着であった。むしろそうした常識やしきたりに組み込まれるのに、反抗していた空気もある。朱門の父母は、無政府主義であった。しかし息子がカトリックに改宗することも、嫁の私が好きなことをするのも決して妨げたりはしなかった。だから私は、朱門の死後も、自分なりの回復の経過を辿ることにした。

事実、私の生活には、まだ朱門の好みが色濃く残っていた。私は毎日朱門の声を聞いていた。別に幻聴ではない。ただこういう場合、朱門ならどう言うかと思うと、必ずはっきり答えが聞こえて来るのである。

家族の死後にはするべきことがたくさんある。ご弔問を頂いたお礼とか、支払いとか、頂いたお花を長くもたせることとか、部屋や遺品の後片付けとか、私はそれらのことを、人より早く始めた。多分私があまりセンチメンタルな性格ではなかったからだろう、とも思うが、私は自分の体力を既に信用していなかった。私は脊柱管狭窄症のためか、体中が痛い日もある。できるだけ生活を簡素化して、自分のことだけは、自分でできる生活に早目に切り換える必要があった。

こういう時にどういう生活をすべきか、私にも常識がなかった。私は朱門の死後六日目に仕事を始めた。その時朱門は私の意識の中で、「そんなに仕事を休んでいたって、僕が生き返るか」と言ったのである。

「遊ぶのを止めたって、僕が帰ってくるか」

と声が言った日もある。朱門は家族の誰でも、楽しく時間を過ごすことを目標においていた。だから私は差し当たり食事の手を抜かなかった。特に御馳走を食べたわけではないが、毎日の食事がバランスのいいものであることは、一緒に食事をする秘書の健康にも関わることだった。だから私は庭の小さな畑にホウレンソウなどを撒《ま》いてもらい、それがホウレン木に近くなっても、まだ採り立てを食べるのを目的にしたりしていた。

私は当分の間、朱門が生きていた時と同じ暮らしをするのを朱門が望むような気がしていた。急に生活を派手にしたり、地味にしたりするのではない。以前通りがよさそうだった。

私は「朱門がいた部屋」においてあるお骨壺に、毎晩挨拶して眠ることにした。私らしく荒っぽい挨拶である。写真に向かって手を振って「おやすみ」と言い、お骨の包みを三度軽く叩く。それだけだ。

するとある日、朱門は「それじゃダメ！」と言った。何が？　と私が尋ねると、「三度叩かなかった」と言うのである。それで私は、二、三歩後戻りをして、もう一度叩き足して「煩《うるさ》いわねえ」と呟いた。するとそれで朱門は黙った。生きている時と全く同じ呼吸である。

朱門は別に、部屋の掃除に煩い人でもなかった。しかしたくさんものを持たない人だったから、私の部屋は散らかっても、朱門の部屋がもので溢れるということはなかった。私はだから家の中の無駄なものをいち早く追放した。朱門の記念になるものは、著書だけでいい。どこかで朱門の視線を感じていたから、家の中が、彼がいなくなった後、乱れ始めたと思われるのは嫌だった。

朱門と私は、生涯よく話をした。朱門は、ゲームも嫌い、昔、同人雑誌の仲間が我が家で麻雀をしていても、自分だけは傍に寝ころがって本を読んでいた。だから我が家の娯楽はお喋りだけだった。昼間私が一人で行動をした日には、誰が何をした、どんな光景だった、ということを私は逐一喋った。

そうした会話の間に、私は誰かに対して激しく怒ったり裁いたりすることがいかに幼いかを学んだ。朱門にとっては、誰が何を言おうが、それは怒りの種でも、侮蔑の理由でもなかった。すべてがあってこそ、この地球はおもしろいのだ、と言わんばかりに面白がって彼は生きていた。

朱門が死んだ後、私たちは、その死という変化を重大事件と思わず、ただ他人から与えられる心遣いに深く感謝するだけで、できるだけ日常性を失わずに暮らすことを目的としていたような気がする。

まだまだ片付けが足りない、とまだ考えている

年を取ると、たいていの行動は不自由になるが、たまにはこの上もない自由を取り返すこともある。

それは、あまり予後が期待できないと宣言された人と喋《しゃべ》る時である。

若い時だと、相手はもうすぐ死ぬと思っているのに、自分はまだ生き続けるという運命の差の大きさを、どう処理していいかわからなかった。しかし最近ではそんなことは

ない。こちらも、数年の間に死ぬのである。ただ相手のように、その期間を教えられていないだけだ。教えられていたら、私はもっと熱心に人生の後片付けをするだろう。私は夫の死後、暇をもてあますことは、精神に悪いと思ったので、あらゆる収納場所が空になるほど家を片付けた。ほんとうの目的は、探しものをせず、取り出し易《やす》く、自分の行動を楽にするためである。

しかしもっとものを棄《す》てなければならない、とまだ考えている。原稿でも仕事でも、締め切りがないと、人間はなかなかやらない。私は財団に勤めていた時、作家と違って締め切りなどという浅ましい制度を知らない職員に、締め切り制度を作った。案件の認可をいつまでも引き延ばしておくと、つまりは時間当たりの労働単価が高くなることになる。無理なく、人間的である余裕を残して、人の仕事にはすべて締め切りがあるべきだ。

人の役に立つことは名誉で幸せなことだ

定年になって、することがなくくすぶっている男性がいる。一生ただ働きの家政婦に使われてきて、少しも心躍ることがなかったとぼやいている老年の女性もいる。

夫の生前、私は時々、夫に英語の単語の意味を聞いていた。コンサイスの字引を探してきて引くのがめんどうくさいので、つい原稿を書いている夫に聞いたのである。すると最低限答えてくれるのが普通だったが、時々「爆発」した。

「オレの脳細胞を字引代わりに使うな」

というのである。

「十日に一度」はありがちだったが、「十分に一度」ではなかった。こういう状態に関して、私は当時も今も、あまり反省していない。字引より、灰色の脳細胞に敬意を表していたことも忘れない。

しかし、こういう行動には、もう少し人間的な意味もある。人は思い出され、人の役に立つことは、非常に名誉で幸せなことなのだ。この場合、夫は原稿を書いている最中に、私に辞書並みの役立ち方で思い出されたのだから、光栄どころか「仕事のじゃまをするな」と腹を立てていたのだろう。

老年になったら、なおさら自分のことは自分でする

人間は、老年になったら、いかに自分のことを自分でできるか、ということに情熱を燃やさねばならない、と私は思う。それは、その人のかつての社会地位、資産のあるなし、最終学歴、子供の数などとは、全く無関係の、基本的人間としての義務だと思う。つまりドロボーをしないとか、立ち小便をしないとか、いうのと同じくらいの、社会に対する義務である。

老年になったら、人の助けを借りずに、自分で今日一日生きてやって来れた、ということは、それだけで大事業だと評価していい。できれば、少しでも他人の役に立つ方がいいけれど、役に立たなくても、自分で自分のことさえできれば、それだけでも社会に貢献していることになる。

思い方ひとつで「運命は自分に優しかった」と感謝できる

人生の最後の時に、必要なのは、納得と断念だと私は思っている。

納得するには、日々、人生の帳尻《ちょうじり》を締めて、毎日「今日が最後の日でも、まあまあ悪

くはなかった」と思う癖をつけることである。それに私は小さなことでも楽しむことが上手だった。中でも自分の才能だと思っているのは、人の美点をユーモラスに見つけだせることであった。

だから、私の生涯には、おもしろくていいことがいっぱいあった。もしも死んでみた後で、あの世がなくても、私は少しもがっかりしない。

なぜなら、私はもうこの世で、神の雛形《ひながた》としか思えない人たちにも会ったし、心を躍らせるような凄《すさ》まじい自然にも出会った。

私はいつ死んでもいいように準備し続けている最中である。

それと同時に断念もいる。これも、若い時からの訓練が必要だ。努力してはみるが、諦《あきら》めなければならないことがある、ということに自分を馴らすことである。というか「人生は、いかなる社会形態になろうと、原型としてろくでもない所なのだから、ほとんどの希望は叶《かな》わないで当たり前なのだ」と肝に銘じることである。そう思ってみると、運命は私に優しすぎるほど優しかったのである。

老年の肉体の衰えも神の「贈り物」

老年はすべて私たち人間の浅はかな予定を裏切る。時間ができたら、ゆっくり本を読もうとすれば、視力に支障が出る人も多い。老年になって山歩きをしたい人など、内臓が健康でも、膝に故障が出れば、それも叶《かな》わないだろう。

一番おかしいのは、ゆっくり趣味を楽しみたいと思う時に、定年退職した夫がいることが最大の予想違いだ、という人も多いことだ。夫が全く家事に無能で、自分でカップヌードルにお湯を注ぐこともできない人だから、と言う。一方で、「今ご主人のいる人はほんとうに大変だと思うわ。私は一人だから実に楽」とクラス会で言い切っているメリー・ウィドウもいるのだから、人生はとうてい計算できない。

ただ私は、老年に肉体が衰えることは、非常に大切な経過だと思っている。

私の会った多くの人は、努力の結果でもあるが、社会でそれなりに自分が必要とされている地位を築いた人たちである。それらの人々の多くは、どちらかと言うと健康で明るい性格で、人生で日の差す場所ばかり歩いて来た人だった。

しかしそんな人が、もし一度に、健康も、社会的地位も、名声も、収入も、尊敬も、行動の自由も、他人から受ける羨望もすべて取り上げられてしまったらどうなるのだろう。そして一切行き先の見えない死というものの彼方《かなた》にただちに追いやられることになったら、その無念さは筆舌に尽くしがたいだろう。

しかし人間の一日には朝もあれば、必ず夜もある。その間に黄昏《たそがれ》のもの悲しい時間もある。かつては人ごとだと思っていた病気、お金の不自由、人がちやほやしてくれなくなる現実などを知らないで死んでしまえば、それは多分偏頗《へんぱ》な人生のまま終わることなのだ。

一人の人の生涯が成功だったかどうかということは、私の場合、あらゆることを体験して死ねるかどうかということと同義語に近い。もっとも、異常な死は体験したくない。しかし尋常な最期はそれを受け入れるべきだろう。

愛されることもすばらしいが、失恋も大切だ。お金がたくさんあることも、けちをしなければならないという必然性も、共に人間的なことである。子供には頼られることも嫌われることも、共に感情の貴重な体験だ。

人間の心身は段階的に死ぬのである。だから人の死は、突然襲うものではなく、五十代くらいから徐々に始まる、緩やかな変化の過程の結果である。

客観的な体力の衰え、機能の減少には、もっと積極的な利益も伴う。多分人間は自然に、もうこれ以上生きている方が辛い、生きていなくてもいい、もう充分生きた、と思うようになるのだろう。これ以上に人間的な「納得」というものはない。だから老年の衰えは、一つの「贈り物」の要素を持つのである。

人には最後に負け戦が待っている。それが「死」だ

私が見ていて痛ましく見えるのは、ことに挫折を知らない人の臨終である。

もちろん些細《ささい》な挫折がない人というのも現世にはいないのだが、私は自分がかなりおっぴらな運命論者なのに対して、そのような負け犬の論理は許さない、という人に時々出会っている。私はすぐ「仕方がない」と自分の失敗を許し、「人生はまあこんなものだろう。私のいる状況は、もちろん最高のものではないにしても、最悪でもないのだから、大した幸運だ」と甘く考えるのである。そして、後は諦める。諦めるという行為を、私は人生で有効なものとして深く買っているのである。

ところが人生の優等生、自分が負けることを許さなかった人は、私のような負け犬的態度を決して自分に許して来なかった。まさに「為《な》せば成る」というあの精神である。それまでの人生をずっと努力し続けて、大方その努力が報いられるという幸運もあった人である。

ところが、人には最後に必ず負け戦《いくさ》、不当な結果を自分に与える戦いが待っている。それが死というものだ。負け戦は一回でいいという考え方もあるが、たった一回の戦いでもうまく処理するには、いささかの心の準備は要る、と私は思うのである。

そういう人生の勝ち組の多くは、それまで健康である。食欲も体力もある。性格も魅力的だし、学校の成績もよかった。だから学ぶことについて失敗しないし、努力したことは、ほとんどそれなりの成果を上げて来たという人たちである。また穏やかな良識のある両親の元に、平穏に育った人も多い。そして絶世の美男美女でなくても、けっこうこの世でもてても来たのである。

そういう人はまた、世間を制覇する気力もある。世間で至難と言われる大学に受かることを目的とし、うまく行ったのだから、資格試験などを受ければ、「より高く、より遠く」のような目標を作って、一段一段と小気味いいばかりに階段を上げて行く。人より上席に座ることに、別に気恥ずかしさなどを感じない。親分になっても、充分に親分肌の魅力を見せ、子分たちに配慮も示す。だから実力もないのに偉そうにして……などと悪口を言う人は誰もいない。

健康管理も充分だ。酒もタバコも飲まず、健康食品も摂《と》り、運動もまあまあ心がけ、月に一度は健康診断に行ったりする。死に神がつけ入るような隙などどこにもないように見える。しかしそういう人でも、死は必ずやって来るのだ。

最後の戦いは、死の一方的な勝利と決まっている。どんなに医療行為を受けても、従順に医師の命令に従った療養生活を続けても、生命を維持する好機は巡って来ない。こういう状態は、その人にとって、正義、道徳、秩序などすべてのものに対する裏切りと反逆に映るのである。

二匹の猫との暮らしで思うこと

朱門が死んで、一人暮らしになってから、私は何でもできることを発見した。自分の収入の範囲でなら、好きなものを食べ、行きたいところへ旅をし、欲しいものを買っても誰も文句は言わない。生前だって、朱門は私のお金の使い方に文句をつけたことはなかった。女房が、彼から見て、おろかな金の使い方をしたとしても、それはひいては「己の愚かさ」の結果なのだ、と思っていたのかもしれないが、今や私はどんな羽目をはずしてもよくなったのだ。

それで、私はさし当たり猫たちに対しても、少し破目をはずすことにした。いつの間にか、二匹が夜、私の寝室に入り込み、ベッドに飛び乗って一緒に眠るようになったことを認めてしまったのだ。幼な友達の一人にそのことを話したら、「私そういうの、大嫌い」ともっともな感想を述べてくれた。しかし私は、自分で自分の心を救ったり、楽しませたりするほかはない。直助が夜、自分のヒゲで、そっと眠りかけている私の頰に顔を寄せてくれるのが嬉しい。だから私は、私の実母が生きていても嫌がるような猫との暮らしをすることになってしまったのだと思う。

＊

最近、私が猫を買って来てかわいがっている、ということを知ったある読者から、そのような高い猫を買って来るのは「悪質なブリーダーをのさばらせるばかりだ」という手紙をもらった。私はどこかで、病気になっているような捨て猫をもらってくればよかったのだ、というご意見である。

私は別に、血統の正しい上等な種の猫を買いたいとは思っていない。しかし、病気に罹《かか》っている弱々しい猫の飼い主を志願するつもりもない。私は「普通の健康な猫」を飼いたかったのだ。

病気の猫を飼えば、私はそれに、心と時間を使わねばならない。捨て猫の病気を治してやることにも、大きな意義があることを、私は心に深く感じている。しかし、今の私には、それをする体力も時間もない。私の人間としての義務の第一は、いまや私一人の肩にかかって来たこの家を、今まで通りに運営して行くことと、小説家としての私に与えられた書く仕事を、なおざりにしないことだろう。

この家の屋根の下には、昔からいてくれる秘書がおり、私と共同で暮らしているイウカさんという同居者がいる。それらの人々が、健康のためにいいご飯を食べ、あまり悪くない環境で勤務時間を働いてくれることだけが、今、私の目標である。

静かに人生を退場する方法は個人の才能にかかっている

しかし私が今、一番希求するのは、静かに人生を退場する方法である。それは死ぬことだけではない。どこかこの地球の片隅で、孤独にも耐え、静かに自分自身と向き合って観想の日々を送ることだ。それができるかどうか、個人の才能にかかっている。時間は充分にある。選択も自由だ。定年以後のすべての月日がそのために用意されているのだから。

人間は変わる、その日が私たちの完成の日

ただ、人間は変わる、ということだ（もちろん、ろくでもない方に変わるということもあるのだが……）。そして変わるためには時間がいるということだ。それはいつなのか分からない。うんと年取って、それこそ、八十、九十を過ぎて、しかも死ぬ前日に変わることもあるのだろう。その日が私たちの完成の日である。もちろん、それは完全ということではない。しかしその人なりに、完成したのである。

そう思うと、私は老年を生きる意味が分かる。それから、自殺の貧しさも納得できる。みすみす自分を完成品ではなく、半製品にして終わりにすることもないと思う。

未来よ、人間に賢さと優しさを贈ってください

平成の最後の日が近く迫っている。日本人は、人それぞれに元号によって思い出を刻み、それぞれの年に深い思いを持っている。だから西暦だけが採用されるとなったら、きっと寂しいに違いない。

昭和は長い時代だった。大正は15年だったのに、昭和は63年も続いた。続いて当たり前という人が多いだろうが、私は非常識人間なのか、穏やかな毎日が突然消えて明日がなくなったり、乱調になったりする日があるかもしれない、と心のどこかで常に恐れていた。子供のおびえというものは、論理的ではないが、それだけに当人は深く恐れるのである。だから何もことが起きず、一定のルールが継続した、というだけでありがたいことだったのだ。

何かが「終わる」のは悲しいことだ、という人もいるけれど、私はすべての物ごとに

終わりがあることを深く感謝している。この世には、まだ多くの人間が体験したことのない恐怖があると思うが、その一つが「終わらない」という状況になったら恐ろしい。

アウシュビッツの拘束、政治的圧迫、病気の最終段階。すべて終わらないと困る。だからだろうか、世間の多くの制度や技術は何かを終わらせるために知恵を絞って開発されてきたようにさえ、思えることがある。離婚、退職、消防の技術もそれぞれの問題を終わらせるためだ。ことに痛みなど、終わらせるためになら、死んでもいいという人さえいる。始める、始まる、のも大切だが、終わりも貴重な変化だと知った人間が、あらゆる状態に備え、知恵を絞って収束方法を考え出してきたのだ。終わりを祝福する、という思いが、もっとあってもいい。

かつて一生、親族や、自身の病気や、社会の経済的変化に苦しみ続けた初老の老人の死に立ち会ったことがある。出棺の際、娘は彼に「お父さん、さようなら。この次には、あまり苦労のない境遇に生まれていらっしゃいね」と声をかけた。それ以外の贈る言葉はないようにさえ思えた。

「終わりよければ、すべてよし」などと簡単に言うけれども、よき終わりを得るのは、長い年月、実に地道に生きた人だけである。一見平凡に「何事もなく」生き続けるには、「人生の達人」にならなければならない。

人生には、特別に光り輝いている成功者の物語も多いが、私は長い年月を物静かに生きぬいて、平凡な生涯を送った人々の生きざまにいつも深く打たれてきた。そのように黙して生きた人々に、改めて深い賛辞を捧《ささ》げたい思いである。達人の生涯とはそういう境地なのだ。

そのためには、多分自分の一生にも、未来を見据えて賢く備えねばならないのだろうが、同時に自分の近くにいる他者のことにも深く心をかけねばならないはずだ。自分一人が幸福になって、周囲の悲惨を顧みない人には、平穏な生涯が贈られるわけがない。

「平成よ、ありがとう。

未来よ、人間に、賢さと優しさを贈ってください」

と祈るばかりだ。

出典著作一覧（順不同）

《書籍》
『イエスの実像に迫る』海竜社
『人はなぜ戦いに行くのか』小学館
『絶望からの出発』講談社
『人生の退き際』小学館
『日本人はなぜ成熟できないのか』海竜社
『弱者が強者を駆逐する時代』ワック
『ただ一人の個性を創るために』ＰＨＰ研究所
『死生論』産経新聞出版
『思い通りにいかないから人生は面白い』三笠書房
『誰にも死ぬという任務がある』徳間書店
『貧困の僻地』新潮社
『仮の宿』ＰＨＰ研究所
『人間の基本』新潮社
『幸せの才能』海竜社
『愛のために死ねますか』中経出版
『人は怖くて嘘をつく』産経新聞社
『不幸は人生の財産』小学館
『アレキサンドリア』文藝春秋
『最高に笑える人生』新潮社
『魂の自由人』光文社
『心に迫るパウロの言葉』新潮社
『自分の顔、相手の顔』講談社
『人はみな「愛」を語る』青春出版社
『老いの才覚』ＫＫベストセラーズ
『親子、別あり』ＰＨＰ研究所
『晩年の美学を求めて』朝日新聞社
『愛のあけぼの』読売新聞社
『安心と平和の常識』ワック
『立ち止まる才能』新潮社
『夜明けの新聞の匂い』新潮社
『想定外の老年』ワック
『人生の第四楽章としての死』徳間書店
『近ごろ好きな言葉』新潮社
『旅立ちの朝に』青萠堂

《新聞》
『産経新聞』「透明な歳月の光」２０１９年２月６日
『産経新聞』「透明な歳月の光」２０１９年２月20日
『産経新聞』「透明な歳月の光」２０１９年２月27日
『産経新聞』「透明な歳月の光」２０１９年３月20日
『産経新聞』「透明な歳月の光」２０１９年３月27日

《雑誌》
『週刊ポスト』「昼寝するお化け」２０１８年１月19日号
『Ｖｏｉｃｅ』「私日記」２０１７年３月号、５月号
『Ｖｏｉｃｅ』「私日記」２０１８年１月号
『ＷｉＬＬ』「その時輝いていた人々」２０１８年３月号、10月号、11月号
『ＷｉＬＬ』「その時輝いていた人々」２０１９年２月号、３月号
『新潮45』「人間関係愚痴話」２０１５年７月号
『新潮45』「人間関係愚痴話」２０１６年２月号、７月号
『新潮45』「人間関係愚痴話」２０１７年５月号
『新潮45』「人間関係愚痴話」２０１８年３月号、８月号
『週刊現代』「家族を見送るということ」２０１７年６月10日号
『週刊現代』「家族を見送るということ」２０１７年６月17日
『文藝春秋』「突然、何の予告もなく」２０１９年５月号
『ＷｉＬＬ』「伴侶を亡くして休日は、つらいですね」２０１８年６月号

曽野綾子

その　あやこ

1931年東京生まれ。作家。聖心女子大学文学部英文科卒業。『遠来の客たち』（筑摩書房）が芥川賞候補となり、文壇にデビューする。1979年ローマ教皇庁よりヴァチカン有功十字勲章を受章。2003年に文化功労者。1972年から2012年まで、海外邦人宣教者活動援助後援会代表。1995年から2005年まで、日本財団会長を務めた。『無名碑』（講談社）、『天上の青』（毎日新聞社）、『老いの才覚』（KKベストセラーズ）、『人生の収穫』『人生の終わり方も自分流』（河出書房新社）、『人間の愚かさについて』（新潮社）、『人間の分際』（幻冬舎）、『私の危険な本音』『我が夫のふまじめな生き方』『夫婦という同伴者』（小社刊）など著書多数。

人間の芯

二〇一九年十月二十九日　第一刷発行

著者――――曽野綾子
編集人・発行人――阿蘇品 蔵
発行所――――株式会社青志社
〒一〇七―〇〇五二　東京都港区赤坂六―二―十四　レオ赤坂ビル四階
（編集・営業）
TEL：〇三―五五七四―八五一一　FAX：〇三―五五七四―八五一二
http://www.seishisha.co.jp/

本文組版――――株式会社キャップス
印刷・製本――――中央精版印刷株式会社

ISBN 978-4-86590-091-0 C0095
落丁・乱丁がございましたらお手数ですが小社までお送りください。
送料小社負担でお取替致します。

定価はカバーに表示してあります。